雅歌译丛

普鲁斯特诗选

# 爱，不可能
## *Les Amours Impossibles*

〔法〕

马塞尔·普鲁斯特

著

姜山

译

山东文艺出版社

图书在版编目（CIP）数据

爱,不可能:普鲁斯特诗选／（法）马塞尔·普鲁
斯特著;姜山译.—济南:山东文艺出版社,2022.1
ISBN 978 - 7 - 5329 - 6447 - 5

Ⅰ.①爱… Ⅱ.①马… ②姜… Ⅲ.①诗集—法国—
现代 Ⅳ.①I565.25

中国版本图书馆 CIP 数据核字(2021)第 180575 号

## 爱,不可能:普鲁斯特诗选

AI，BU KENENG:PULUSITE SHIXUAN

〔法〕马塞尔·普鲁斯特著　姜　山　译

| | |
|---|---|
| **主管单位** | 山东出版传媒股份有限公司 |
| **出版发行** | 山东文艺出版社 |
| **社　　址** | 山东省济南市英雄山路 189 号 |
| **邮　　编** | 250002 |
| **网　　址** | www.sdwypress.com |

| | |
|---|---|
| **读者服务** | 0531 - 82098776（总编室） |
| | 0531 - 82098775（市场营销部） |
| **电子邮箱** | sdwy@ sdpress.com.cn |

| | |
|---|---|
| **印　　刷** | 山东新华印务有限公司 |
| **开　　本** | 850mm×1168mm　1/32 |
| **印　　张** | 5.75　插页／8 |
| **字　　数** | 120 千 |
| **版　　次** | 2022 年 1 月第 1 版 |
| **印　　次** | 2022 年 1 月第 1 次印刷 |
| **书　　号** | ISBN 978 - 7 - 5329 - 6447 - 5 |
| **定　　价** | 59.00 元 |

# 译序

　　《追忆似水年华》（下称《追忆》）即一首漫长的诗。那么，读了《追忆》，为什么还要读普鲁斯特那些被《追忆》遮蔽的诗？因为《追忆》的叙事者并非普鲁斯特本人；而普鲁斯特的诗，写的肯定是他自己。正如曹雪芹的那本（尚未发现的）日记，在某些时刻，对《红楼梦》的某些读者来说，也可能有意义。

　　普鲁斯特本人是谁？从上升期资产阶级家庭的子弟，到靠溜须拍马混上流社会圈子的浪荡子，再到在数百万字长卷里完成自己的隐居者；从春情激荡，到模仿与颂扬，再到镜鉴和讽喻。在幻化的过程中，普鲁斯特克服着来自方方面面的阻力：种族、阶层、疾病、性向、时间……爱，几乎是不可能的。

　　为此，普鲁斯特在《追忆》里大步向前寻找答案。在诗里，他退了一步，以"后卫"于时代的方式，为《追忆》做情感操练和语言准备。《追忆》一旦开始，写诗对普鲁斯特来说，是《追忆》写作炼狱之外的小憩与嬉游。

　　保罗·莫朗，这位现代法语文体的开创者之一，曾是普鲁斯特的仰慕者、亲密朋友。仅以他献给普鲁斯特的诗，为这篇序做一个开放的结语。

# 影

从熏蒸的烟气中诞生,

这张脸,这个声音

被

夜晚的用途吞食。

塞莱斯特,

温柔而有力地,把我浸入您的卧室

如墨的浆汁

闻得出温存的软木与已死的壁炉。


笔记簿堆成的屏风后,

黏稠似果酱的金色灯光里,

您的面颊埋在粉白的长枕下。

戴脱线手套的手握住我;

您的胡须无声蔓延

直到脸庞的边缘。

我说:

"您看起来真有力。"

您答道:

"亲爱的朋友,一天里我能死上三次。"

您的窗子永远关闭

将您与奥斯曼大街隔离,

那街上溢满

有轨电车的铁皮车厢

叮叮当当的轰鸣声。

也许，您从未见过天光？

您却将白昼重建，像雷蒙恩[①]一样，

如此逼真，以至于您的果树

在夜里也开花。


您的夜不是我们的夜：

充满白色的微光

发自兰花，发自奥黛特[②]的衣裙，

发自响声如笛的水晶杯，发自吊灯，

发自德·弗罗贝维尔将军[③]戎装上的褶裥。

您的声音也是白色的，循着绵长的字词

似人们所描述的那样蜿蜒，像一个病患

在昏沉中自怨自艾，

您说人给您带来莫大的幽怨。


普鲁斯特，入夜您将赴哪场欢会

归来时双眼如此倦怠如此清醒？

在我们被禁行的域外，什么样的恐怖

---

① 雷蒙恩，似指法国女画家玛丽－维克托埃尔·雷蒙恩（Marie－Victoire Lemoine，1754—1820）。——译注，下同

②③ 奥黛特、德·弗罗贝维尔将军，小说《追忆似水年华》中的人物。

被您看到，归来时如此善良如此宽容？

通晓灵魂的苦役

屋宇中的往事

爱带来的痛？


您是否通过彻夜难以承受的劳作

让雅克·埃米尔·布兰奇①那幅肖像

发出玫瑰的清新？

而今夜的您，

形同惨白的蜂蜡浇铸

却乐见人们相信您的苦痛也甜蜜

如一位穿戴考究偏爱黑色与珠灰的绅士？

---

① 雅克－埃米尔·布兰奇（Jacques－Emile Blanche，1861—1942），法国画家，以肖像画著称，尤以一张普鲁斯特画像闻名于世。作品藏于巴黎奥赛美术馆。

# 目　　录

## 诗人与作家

## 说谎、戏仿与嘲讽

## 漂亮朋友们

## 雷纳尔多·哈恩

 诗人与作家

## 如在精美的寺院那明亮的庭院中

你的魔力像美丽的寺院院子
在白色拱门间看得见海蓝色天空
纤细廊柱下，伴一杯冷饮，静静
度过昏昏欲睡的炎热夏日，多么惬意。

明天，我知道，在孤独中迷失
我会走向那令人不安的宫殿
而此刻，你的魅力将我陪伴
在尘世唯有你淡紫色的缓缓凝睇。

你纤美的白色额头没有遮蔽
那从中发射光芒的无垠黛影
亲爱的，我爱你爱得超越了常情。

到我的心不再为你清脆的笑声跃动时
每想起缠绕在你心中的甜蜜
我仍两颊绯红一如往昔。

如在精美的寺院那明亮的庭院中。

## 十四行

如果你在姗姗来迟的甜蜜中
预知了降临的时刻，如果你
在毕现的骄傲里了解拳头的回击
请不要哭，盛开的百合记得清。

请不要哭，酒的热度托起
成熟的葡萄，架上的枝茎
将它鼓舞，举过头顶
请不要哭，等待的人已到这里。

把泪滴，包括金色的，留给星星
她们在浪间睡着，当没有一片帆的影子
让人生起对归舟的期冀

当，清晨踏入她们温情的梦，
她们把母性的不安掩在怀里
只留给她们吧，包括金色的，所有泪滴。

## "倦于曾经的痛过……"

倦于曾经的痛过，爱过

生活又以单调将我包裹

当远方的魅惑消逝

我的梦悲伤惊惧地蜷缩

当感到地平线关闭

听秋天一声声扣人心弦

压抑哭声或歌声，谁能分辨

时光肃穆闪烁其词

懵懂中我心越过折返点。

## "让我的心在你合拢的双手间哭泣……"

让我的心在你合拢的双手间哭泣

褪色的天空正慢慢暗淡

在我心上放置她的花冠

你明媚的双眼像花一样让它平息。


多盼望以你双膝做我的床榻

被你目光包裹，寒夜也温暖

你的呼吸如守门人的魔法

将所有脏污、嘲笑、伤害驱散。


黑暗笼罩港口田野；夜被泪水浸湿

在捉弄人的白天之后给我安慰

雾霭在甜蜜中消退

你欲望的火苗在我心里燃起。

## "在诺曼底的山丘上找到退隐之地……"


在诺曼底的山丘上找到退隐之地
你这疯武士，可怜的垂老的痴情人
来到静谧松林间的山巅伫立
眺望天空苍白大海阴沉。
海上的风搅拌树叶与牛奶的味道。
穿过两条细枝你会望见
一叶小舟摇动，在美妙的夜晚
你将魂牵梦绕
船帆驶离苦海奔向无形的远岸
及希望落空返航悲戚的港口，
壮丽夜幕下的归舟，

     奢华、苦难、这呜咽：你歌唱
      置身于夕阳盛大的排场
还是在天光四射的凯旋门下
做追逐荣誉战车的失败者
     该赴死并垂泪的那一个？
而大海不会收声，在与你的怨嗟
      构成的谐音里
      诞生一种宁静。
在新枝之间，在棕榈丛中
在悲戚的港湾里，你的希望集结着。

## "如果有女人愚蠢可恶却容貌美艳……"


如果有女人愚蠢可恶却容貌美艳

那想起一位吧：让你的怨艾重燃。

她娇躯如花却心如死灰。

倦怠幽怨的蓝色柔光里

她双眼正自责心犯的罪。

她的身体，不为人知的华贵和弦

如诗一般柔缓吟唱

让人将微妙而强烈的艺术浮想

而她却另有心仪，是哪一种美感？

燃烧吧，光炬！女人，橄榄色还是玄武岩色

火焰一刻不灭，诚实就能保持一刻。

爱情的柴堆燃烧的光芒

可不是情人傲骄的伪装

只为获得与思慕等量的欢愉！

就让智者的光芒烛照你：

夜不被云遮蔽，女郎不佩面纱

星光灿烂，可罗蕾莱①仍如脂般光滑！——

---

① 罗蕾莱，德国文学中的女妖。

人啊，信仰提升你，爱把你折摧

你的眼睛，或星光闪耀，或一潭死水

从不为永新之泉说一句妄言。

## "塞维涅、伏尔泰与圣西门……"

塞维涅、伏尔泰与圣西门
　　无疑精通如何妙笔生花
最动人的故事也得俯首称臣
　　在他们作品前装聋作哑！

不过偶尔儒贝尔在我闲逸时
把更温柔的激浪带来，
被刺激的口味随后将他舍弃
在杜丹、普林尼、巴尔扎克之间摇摆。

## "鄙人写了一本小书……"

鄙人写了一本小书

引得布尔热屈尊

让博伊莱维后退一步。

## 致保罗·莫朗

### ——给保罗·莫朗的颂歌


亲爱的朋友，这弧光灯是何物
挡住您庆祝圣女贞德节的路……
不可思议吧，我秉烛将它寻到
另外，他（普鲁斯特）正日渐一日走向终老。


（上面选自我给保罗·莫朗谱写的颂歌，
这首大作将永不发表。）

 说谎、戏仿与嘲讽

# 谎言（一）

谨以此诗献给里昂·德拉弗斯，他比化万物为金的迈达斯国王更强，能将一切化为和谐的旋律，包括最卑贱的诗歌，这全凭他泉涌的灵感，在他神奇的手指下实现。

——马塞尔·普鲁斯特


如乳白石之蓝充满柔情
是因为爱意……含混？
月光仿佛在等
一颗懂她的心……
蓝色天国的仁慈向爱慕的心微笑

蓝天的温柔向爱着的心露出笑意
似谅解了他的荒唐
是上帝已经授意
还是物质又在空中撒谎？

如你双眼之蓝显露悲伤
似挥洒不去淡淡的悔意
是因为爱上今生此世

并不存在的人或物——爱即悲伤!


你双眼饥渴,迷蒙
深邃,啊,你双眼空洞
上天本来深奥而虚妄


而淡蓝色里的温柔
是天空、乳白石跟你的双眸
撒了一个谎。

## 谎言（二）

周一一点钟

整个大自然无感的举动
似乎填补着我们内心的空虚。
这是盲目的物质成功借天空
双眼与乳白石玩的把戏
爱一次次受伤，做梦取得胜利。
水晶的形状，瞳仁的颜色
空气的厚薄，一次次哄我和你
试着将永久的苦痛骗过
通过眼睛、女性与大自然；
而淡蓝色的柔情
是乳白石与天空
及你眼中的一个谎言。

## 对德·诺阿耶的小小戏仿

我明智的心，散发松节油之香
这儿清晨蜿蜒如水流。
空气的金幕上画着翅膀；
为何去尼斯或江户远游？

当你在为维西内的屋顶镀金的骤雨中
如此强烈地感受美的癫狂后
你对流光溢彩的远东
北斋笔下那青绿峰峦还有何求！

啊！或远赴听来不乏异域情调的勒佩克，
在死之前看一看瓦莱里安山
当夕阳似一团金线丝丝剥落
在大转轮与自流井之间。

## 地址簿

脚踏节拍的邮差，上路吧
到亨利·马尔坦大街尽头的 109 号
给德·诺阿耶伯爵夫人传句话
她是草木樨、胡萝卜和百里香的心头好。

邮差啊你若不是根棒槌
在街上——叫博尼埃 - 蒙梭那条，对！
我肯定在 31 号屋
你能寻到正在读圣伯夫
或尼采的那位孀妇。

噢快捷的邮差，如插翅
向格里奈尔大街飞去
把信递给那位菲兹·亚姆
而在我不变的灵魂里
有更多爱留给弗朗西斯·雅姆。

邮差你啊不要耍宝
这封给舍维涅夫人的信笺

我已画线、读了两遍，并把名签

她现在住的街叫盎鲁（10 号）

邮差啊你看起来有点儿古怪……


邮差在奥斯曼大街 102 号寻见

普鲁斯特，他曾在上个世纪迷恋劳拉·海曼。


邮差在奥斯曼大街 102 号寻见

一位马塞尔·普鲁斯特，那撇胡子酷似雷昂德勒·艾勒曼。


马塞尔·普鲁斯特（在奥斯曼大街 102 号里）

起床——并未与丽莉·雷曼共享床笫。


奥斯曼大街 102 号的马塞尔·普鲁斯特身兼

若干品质，可人们更爱艾尔曼。


普鲁斯特住在奥斯曼大街 102 号里

对奥尔姆兹热情日增，对阿利曼早已厌腻。

## 回声

　　我们的朋友马塞尔·普鲁斯特，即其戏仿之作为《费加罗报》的读者所熟知那位，对德彪西歌剧《佩利亚斯与梅丽桑德》满怀崇敬之情。前日，离开一个聚会之际，他的朋友寻不见自己的帽子。马塞尔·普鲁斯特即席创作了下面的对白。如读者以紧迫、急促的方式诵读提问部分，在回答部分加入低沉的悲音、德彪西神秘的旋律，便能体会这并非出自梅特林克原作的对德彪西歌剧脚本（存在细微差异）的戏仿之作，所具备的绝对的精准性。

　　**马凯尔：**粗心啊你忘了拿那顶帽子！你再也找不到它了！

　　**佩利亚斯：**为什么再找不到？

　　**马凯尔：**人们什么都找不回……在这儿……丢了就永远丢了。

　　**佩利亚斯：**我们离开时，顺一顶好了，——跟那顶一样的！

　　**马凯尔：**没跟它一样的帽子！

　　**佩利亚斯：**这么说，那是顶什么帽子呢？

　　**马凯尔，**非常缓慢地：一顶寒碜的小帽子，跟所有人戴的没两样！

没人说得出帽子的出处……它看着像来自世界尽头……

现在我们别再找了，我们再也找不回它。

**佩利亚斯**：我感觉头要一直着凉了。外面真冷。冬天了！要是太阳还没落就好了。为什么人们把窗开着？搞得屋里死气沉沉，仿佛中了毒，我觉得都病好几回了。现在全世界的风都吹到这儿了……

**马凯尔**：佩利亚斯，你一脸凝重，涕泪横流，看着像那些害了很久伤风的病人。我们走吧。我们再找不到那顶帽子了。不知何方神圣将会带走它，上帝才知道它此刻在哪儿。太晚了。所有别的帽子也被领走了。一只都没剩给我们。真倒霉，佩利亚斯。

可这不是你的错。

**佩利亚斯**：这是什么声儿？

**马凯尔**：车开走的声音。

**佩利亚斯**：为什么开走？

**马凯尔**：被我们吓着了。它们知道我们去的地儿太远，就开溜了。并且一去不回。


至此，马塞尔·普鲁斯特排解了他的忧愁，重新回到一部明年才能面世的大作的创作之中。

## "我为什么那么爱忍冬花……"

我为什么那么爱忍冬花？因为我的爱人，在我的卧室窗下，种了一株忍冬，每当我醒来，醉人的花香对我说："你爱人对你彻夜的思念，将最温柔的香氛吹向你，从未停歇。"

我为什么那么爱秋水仙？因为我的爱人，为将一朵水仙花插在我的短衣上，在夜里投了水。从此之后，我一直守护水仙，它让我想起那夜，我第一次明白，为了区区的一瞥，我的爱人愿投奔河水。

我为什么那么爱百合的雪白？因为我的爱人，曾送给我一朵纯白的百合，在那个夜晚，在所有渴望中，他渴望着我，他明白，唯一值得的，是肉体的纯粹，堪比灵魂的纯洁。回顾着过往的过错，他对我说："从今往后我的渴望，是世上唯一实现后而不会转为失落的渴望，即为我的爱人受苦、赴死的渴望。"

我为什么那么爱铁线莲凄然的花？因为我的爱人，为没能让我接受他的铁线莲而自戕。我拒绝了这朵为换取我心的花，我宁愿看我的爱人赴死，也不愿把我心与他分享。

对，我从未与他分享我的心，尽管我占有他的心。我从未与人分享我的心，我不知道自己有没有心；但我清楚，没有爱能占有我的生命，我是一个诚实的小女子；一个忠于自己的小女子不该去爱：她应让他人笑、哭、去死，而她自己的心，对所有痛苦不理不睬。

## "德家人的沉默……"


德家人的沉默
让这儿的每个人称奇
可贝特朗坐不住，要引人注意
对群氓们呼吁："爱吧！"


从海藻和海草丛中
他扶起一个落单的渔夫
快步翻山越岭
默不作声行了一路。


在这奥秘之前人们齐聚
穷诗人们兀自唱诵
我们划桨向着未知航行
没谁超得过德家
缄默与杀伤力。


如今不管贝特朗左倾还是右倾
巴黎的工人们
已为他的温情交出了心

从陋室或小饭馆中

为助他有日得机会发言

从七月直到年底

摇旗呐喊心甘情愿

为把他送进下议院。


因为德某某有乃父之风

热爱贫困的无产阶层

不在沙龙里，仅限于床笫

尤其当他散发着军人气息

那双脚把床弄脏就更由衷。


他让孩童信服，让青春重返老爸

对去日无多的问询者，以"希望"作答。

在学童手上一股脑儿倒出所有美味

这让古尔戈觊觎的宝贝

萨拉也奉上垂涎的双唇

他要选票与这些好处相称！

对着他搂得紧紧的好色雏儿：

如果你给我投票，我就再来一次

跟……你爸、你叔和你兄弟。

每个人都想要他，他难令所有人称意

而当他顾不过来，就寄来老爸顶替

这个区选议员本为了荣耀

却提名了一个娘炮。

## 花季少女

把令人生厌的女神艾尔达①留给瓦格纳
这团污泥，沃坦身陷其中忘了蓝天
而当一阵狂飚袭来，把内海马尔马拉
掀成泥浆，吞噬千帆
听凭舟船沉没，如收帆不够早
或太晚才向圣梅达尔祷告，
源自拉丁文，这名字意思是圣大粪：
别纠结了，人应懂得放下
——词源学也不知所云——
那些没有美感的东西，比如，粪。
给我加冕的花季少女们啊，身穿绸缎
粗布花呢或水獭皮，
将暗黑抛在脑后；倾心色彩斑斓
（眼前浮现白色水母的幽蓝魅影）
折射在只有你们才觉得可口的琼浆间
花季少女们啊，噢……豪饮者

---

① 艾尔达，瓦格纳歌剧中的人物。

写　画

# 阿尔伯特·库普

## 版本一

库普，太阳沉落在净空中消融
像水面被飞过的灰色野鸽搅乱，
金雾，环绕牛额头与白桦树冠，
晴日蓝烟在山冈上弥漫，
空中光影如陷沼泽一动不动。
骑兵整装，帽上翎羽瑰红
双手叉腰；吹红脸颊的疾风
轻轻将他们身上的金色细带鼓动着，
受清凉的浪花与炽热的田野诱惑，
他们轻步进发，不打扰牛群
栖在淡金色雾霭间的梦半分
呼吸着这些深邃的时刻。

## 版本二

库普，太阳在净空中消融下沉

鸥群飞过，水被搅乱，
金雾，给船帆、平滑的水面
与睡着的牛额头戴上光轮。
骑兵整装，帽上翎羽火红
双拳放在腰间金色带环旁
远眺田野炽热，浪花清凉
腿跨马鞍脚离马镫
进发，为品味幽深的时光。

## 保卢斯·波特

愁苦的天空涂着惯常的灰暗，
晴日乍现，蓝更显悲戚，
面生的太阳洒给冻原
那几滴谁也焐不热的光雨；
波特，田野忧伤气质的化身
幽晦无边无际，无声无色，
树与村的身影被它侵吞。
贫瘠的园圃结不出花朵。
一个农夫汲水归来，他的牡马瘦弱，
驯服，焦躁不安，如陷在梦中，
沉静的头竖起，思虑中
轻嗅之间知劲风正在生成。

## 安东尼·华多

曦光为树与人脸上妆
身穿蓝色斗篷，面具不断变幻；
如尘密吻绕飞在倦乏的嘴旁……
虚空变温柔，眼前的一切，遥远。

假面舞会，另一道忧郁的远景，
让爱的示意更虚幻、悲伤、迷人。
诗人的任性——或爱人的谨慎，
爱需要考究的装帧——
小船、茶点、宁静与乐声。

## 安东尼·凡·戴克

心中温和的自尊，事物高贵的优雅，

在眼底、丝绒与木饰间闪耀；

仪容与姿态传递的恰适表达

女士和国王传承的骄傲！


凡·戴克，如一个王子于平静中见深意，

在所有即将消逝的美好生灵上

所有尚会张开的美丽手掌……

不再迟疑，毫无顾忌，向你展开，这是你的胜利！


骑士们在松下停步，靠着小溪

如溪水一样宁静，强忍住啜泣；

帝王子孙也已显露庄重肃穆，

服饰低调，唯冠上翎羽英武，

珠宝流光，穿过焰火，

噙满泪水的灵魂苦涩，

却太骄傲，不愿被双眼泄露；

梦到你，风雅的漫步者，凌驾于万物，

着淡蓝色衬衣，一手安放腰际

一手托着从多叶枝头摘下的果实，

却不解这姿态与眼中的意图：

伫立在幽闭的隐逸之地，

里士满公爵，哦年轻的圣哲！——或，疯狂的情人？——

我魂牵梦绕……——一如你平静的眼神

那温柔燃烧的火焰，颈间的蓝宝石。

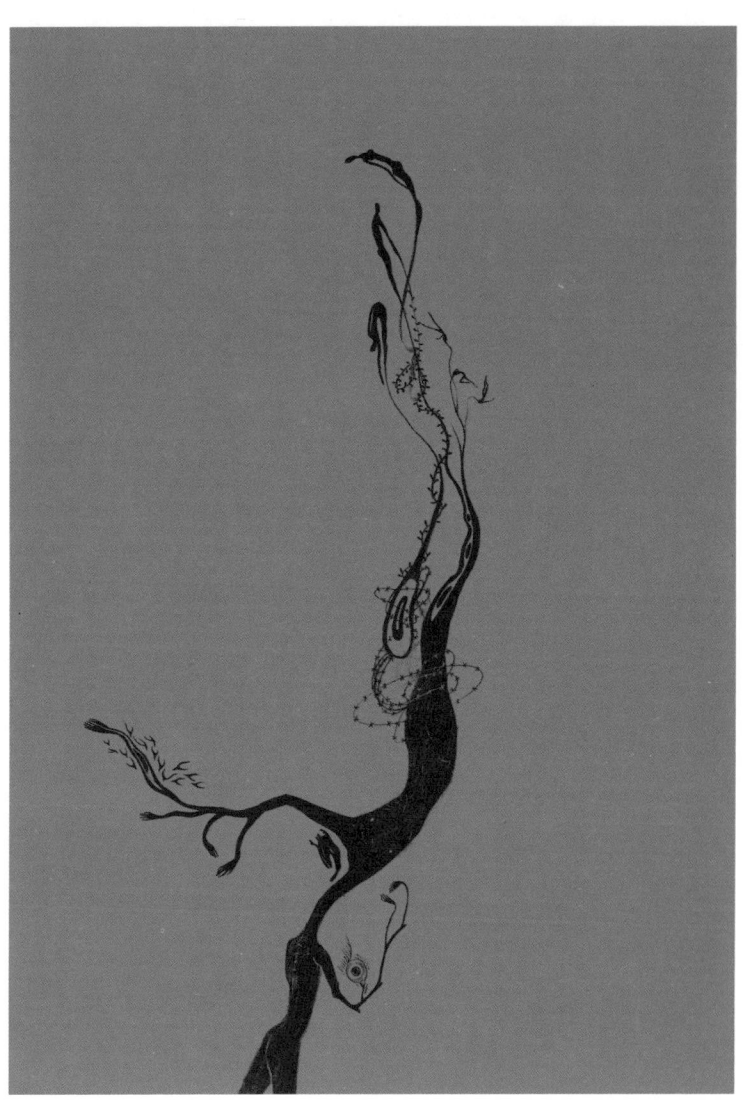

## 多德雷赫特（一）

这天空总有点儿
蓝
清晨不时落点儿
雨点

多德雷赫特美如
坟墓
埋藏我珍爱的幻景

当我试图描摹
你的屋顶、钟楼、运河
我感到仿佛故国
唤起的感情

而太阳快手快脚
为大弥撒和布里欧修
擦干了钟楼
钟披光灼灼

这蓝天

常落雨点

可底下总留有

一点儿蓝。

## 多德雷赫特（二）

矗立着点心店的广场上
一只鸽子独自走动
驳船像巨大的红色珠蚌
在蓝色如镜的运河上的倒影
行进中惊扰了一株睡莲
阳光穿过点心店窗玻璃
把醋栗蛋挞上的苍蝇惊起
它正大嚼大咽
弥撒结束所有人走出教堂哈利路亚，把圣洁的天使之母歌唱
先睡一小时然后让我们泛舟在运河上

音乐家肖像

## 肖邦

蝴蝶飞过，从不驻足
叹息之海，泪水之海，饮泣之海
在悲伤与浪花上曼舞。
梦、爱、痛、哭、抚、魅、轻摆，
每阵苦痛之间总涌动
遗忘如随想曲，美妙令人眩晕
群蝶般自一片花丛飞向另一片花丛；
你身上悲与喜相守相伴：
雨更焦渴，因旋风的热情。
月光与柔波之友，
绝望王子，遭背叛的贵族，
越苍白越英俊，你激越如初，
阳光将你病房浸透
微笑时垂泪，相见时受罪……
痛惜的微笑，希望的眼泪！

# 格鲁克

侯爵夫人在自己的英式

花园里，建起友爱与勇气神殿

在此华多张弓搭箭

将众多自负的心当作泄愤的靶子。

而德国艺术家——让她梦回尼多斯①！——

没一点儿花哨，更深刻、更沉稳

雕刻着沿幕②上登场的情人与诸神：

在阿尔米德禁苑中放火的赫丘利③！

起舞的脚跟不着地

消逝的笑容眼底的灰烬

让远景幽蓝并消解缓缓的足音；

羽管键琴声嘶或死寂……

阿德墨特，伊菲姬尼，无声的哭泣

---

① 尼多斯，古希腊城邦。
② 沿幕，装在镜框式舞台主台区上空的水平帷幕。
③ 赫丘利，古罗马神话中的大力神。

会说话的动作，仍令我们心惊
遭阿尔西斯特顶撞或被奥尔菲斯说动
冥河——不见桅杆不见天——泊着你的天资。

格鲁克凭借爱与阿尔西斯特一样
征服了岁月无常中死亡的必然；
他站立，勇气的庄严圣殿，
在促狭的爱神之庙的废墟上。

## 舒曼

在友爱款待你的古老花园里，
倾听树篱间窸窣的鸟巢与男孩们，
与为过多停驻与情伤所累的爱人，
舒曼，对战争失望的梦的战士。

鸽群飞过，快乐的轻风传播
胡桃巨大的树影与茉莉花香，
孩童读着未来，借助壁炉中的火光，
云或风，对你的心，把坟墓述说。

你的泪水曾向狂欢节的喧嚣奔流
搅拌甜蜜和苦涩的胜利
那冲动仍震颤你的记忆；
你止不住泪：她已落入情敌之手。

莱茵河圣洁的水流向科隆。
啊！节日里你曾在岸上歌唱
多么欢乐！——你睡去披着悲伤
雨滴落在通明的黑暗之中。

在梦里逝者犹生，你仍信负义的人
希望在花间盛放，罪过如尘烟。
随后是再一次第一次击中你的雷电
你从睡梦中被扯出的时分。

展露美！流淌，散发芳香，按鼓点行进……
舒曼，灵魂与花朵的知己，
苦痛的圣河流过你欢乐的岸堤，
花园沉静、深情、忠诚、清新，
百合、月光与燕子，相互亲吻，
行军的队伍，梦中的孩童，垂泪的女子！

## 莫扎特

巴伐利亚王子怀中的意大利贵妇
悲伤冷酷的双眼迷上倦怠的气质！
花园战栗，吞没灯光的暗影掩护
他拉扯熟透的酥胸抵住自己身体。

他温柔的德国灵魂——多么深的感叹！——
终于品味到爱河那暖洋洋的闲逸，
他把被迷住的头中发光的期盼
塞进那双纤弱得接不起的手里。

凯鲁比诺，唐璜！一点儿没被淡忘
站在他从花里榨出的香氛之中
从安达卢花园到托斯卡纳坟茔
泪一滴未干，花香在风中传扬！

在德国花园中烦忧氤氲，
夜的女王仍是那意大利妇人。
她的呼吸令空气变得甜美而神圣

丽日将尽时暗影里尚存余热
她的魔笛挥洒脉脉温情
清凉似雪霜、亲吻或夜空。

女神们

## 给劳拉·海曼的献歌

百合在暗影里哭泣
夕阳草草安慰着她
临着月桂光晕下的小溪
　　　看啊，劳拉！


女王日光般闪耀的长发
星光璀璨为你上色
这些珍珠产自巴尔的摩
血似夕阳一样红啊
　　　劳拉！


摩尔壁柱般的纤颈
与玫瑰匹配的酥胸
这些艳丽火红的话
在雪中向太阳敞开，来自她
　　　劳拉！


给你上色的厄洛斯，定是他
这无人能比的猎人

在沉睡世界里追赶我们

我将死去，在梦醒时分。


我光荣的灵魂见不到朝霞

可上帝把你带给我，致命的爱娃

我为你编织王冠：请佩戴它

　　劳拉！

# 诗

致 Gustave L. DE W.


情人，幸福的情人。

——拉封丹


爱从心中提取玫瑰的香味！
见到一颗被爱充满的心多美妙，
像见到从深处喷涌翻滚的泉水
在日光照耀下快跑。
与白昼相比，情人的心
更像夜晚令人激动，
澄明或暗黑之夜，心绪乱纷纷
从天空落下，甜美神秘如爱情。


夜晚！大海！多么神奇！
我紧裹在她华美的丝质斗篷中
随自己沉溺在她眼底的目光迷失，
她那双漠然、倦怠、神秘的眼睛。

## "夫人记忆也许模糊……"

夫人记忆也许模糊

您仙鸟一般的轮廓

如何把这一份痴迷破除

像人从铁圈中间跳过

而您双眼在我头顶

闪烁如耀眼的明灯。

## 致格雷富耶伯爵夫人

哎呀伊丽莎白·德·卡拉曼－什梅
即被固执跟头骡子似的阿尔芒·德·卡亚维
一口咬定该称作德·格雷富耶伯爵夫人的您


您尽可选五月大宴宾朋
毕竟家备千金可散
且您劳神经营心甘情愿投入
称我心者将您美目充盈


而当此十一月褪色之日
在忧伤、裘皮与琥珀之间消逝
拥有蒂雷纳或艾尔芒还不够吗


为何您一定要与我争抢
从我那颗被您迷倒的心上
拔下并独占一整天《棒情人》的作者

## 致格雷富耶伯爵

啊，明天将向布德兰堡进发
太阳垂死用屈屈一钟头光线
似冻吻抚慰着落雨的水面
秋日工兵步步为营迅速壮大

不断延伸：拉起一张难忘的银幕
供欢畅的清晨与垂泪的夜晚
揭示隐藏的心机或寄放光焰
日晷般精确报出岁月的脚步

淡金会在透明的秋日里
为出众的灵魂染上美妙的澄碧
我们看到：将尽的白昼在诗中再生

入夜，也许在词语的侧面
我闻到时间的气味重燃、升腾
自一只香炉，沿一条弧线

## 致玛德莱娜·勒梅尔

哪个巧手的贼啊，从园中剪下
这让双唇着迷的晶亮的葡萄？
微风将那烛火惊扰
又没强到能吹灭它。

手啊，放下纺锤和毛线，提起笔刷
你比上帝更万能：一个永恒的春天，
在百合与攀升的玫瑰之间
你将自己的色彩找寻，玛德莱娜。

你的美脆弱如蜉蝣，
尽管你让花期一日的花永驻，
勒梅尔笔下丁香、百合或石竹：
鲜活却又不朽。

而谁将画你，美丽的园丁？借助你
所有花为我们绽放，在每个春日。

## 致宾客

朋友，请在紫罗兰间寻找草莓。
看啊，花将女王的桌台掩住，
牵牛花、铃兰与羽饰混在一处
迷人甜美，更显玛德莱娜迷人甜美。

别担心，恶人们不敢在这儿造次
我们的女主人英勇一如她的姣好
　　她的温柔用来爱你
　　保护你时则有利爪。

在这里，精神食粮像琼浆一样可口
环绕着桌台的花，也编成花冠装饰额头
人们愿倾囊换她一幅画
看啊，多么欢乐！微笑的玛德莱娜。

## 悼一条狗

这儿安息着漂亮犬友的身躯

每逢周三它吠得一刻都停不下

没人画得出——惠斯勒、米开朗琪罗、戈雅

那头被来客踩在脚下的恐惧。


不管你来自雅典还是属于盖塔族①

亲爱的陌生人，请仁慈地为它向赫丘利或芙蕾雅②祈愿

可叹这家伙吓起我们来一点儿不留情面

如今比伯雷③更惨，再没有欢宴可赴。


用排箫或芦笛

把你给加斯东的赞歌奏起。

我举起精妙的风笛不免惶恐


因为比起吉米尼、冈德拉或布林冈④

--------

① 盖塔族，古代民族，居住在多瑙河下游及附近平原。
② 芙蕾雅，北欧神话中的爱情、魔法与生育女神。
③ 伯雷，似指夏尔·伯雷（Charles Beulé，1826—1874），法国考古学家、政治家，曾出任法国内政部长。1874 年自杀。
④ 吉米尼、冈德拉、布林冈：当时法国社会名流。

此犬更动人地温暖冷面苏塞特的心房

用它悠长不断的吠声。

## "或许克里奥佩特拉与你一样美丽⋯⋯"

关涉今晚扮演克里奥佩特拉女王的小姐，给亲临现场
的一位青年带来的极大焦虑，及他被诅咒的未来
及上述小姐形而上的双重本性


或许克里奥佩特拉与你一样美丽
可她只是图画一幅，没有灵魂，
守护不朽的优雅却无觉无知
对美毫无领悟的美的化身。


正如头顶这灰色协调的天空
悲伤倦怠时为我们落雨，
这是在表达质疑与悲情
可对所指毫无感知！


将埃及女王从宝座赶下
你把艺术家与作品合二为一。
你的精神深邃一如你的注视，
尽管当世没一个美人及她。

她的头发好闻像田野的花朵；
熏香的长辫展开在可人的肌肤上
闪耀的光泽曾令我看得向往。
她柔声细语，似款款轻歌，

双眼闪亮在润湿的珠霜深处，
娇躯在慵懒的姿态中留驻……
将塞德努斯河女王赶下宝座。

你是一朵花也是花之魂。
她佩戴莲花的头中了无货色，
这可不太优雅，对于一位美人。

## 致玛丽·诺德灵格

你的手，如水，倒映出你心上

　　那些浮云

　　及其镜像；

亦，似水浪，律动，与美丽的热望

她两指之间稳稳

夹住的材料，手指有力而端庄；——

在哪条金色的枝上，神秘的希比①

凭着迷人的天赋，盗取

四折鞘翅般紫红色的琼浆？

穿过精妙的半透明玻璃窗

我看到绿宝石旁的紫水晶

只要你愿意，它能减轻我的悲情！

环绕在雪白球形可口水果周遭的

是通晓如何折弯天宇的四重运道！

还有彩釉，你借之让万物开口，噢，玛丽

欢歌的果园或打鸣的公鸡

在奇妙的盘中，我还看见大海

---

① 希比，古希腊神话中的青春女神，为宙斯与赫拉之女。

那淡金色的铜锁住的釉彩！

你让桨在凝固的海浪上翻滚！

对闭合之物说：芝麻，开门！

你的手——总那么高贵从容

在国王的宝藏上将女王的百合播种！

我想让自己的品味与你的爱好相符

将夏特①和亚眠②的靓丽嵌入

柔和的黄铜与反叛的彩釉里。

创作更困难，但会更美丽

钟声再次唤醒多云的天空

你的手艺能让彩窗重生

用威尼斯石料搭配兰斯红宝石。

---

① 夏特，巴黎近郊小镇，以其大教堂著称。
② 亚眠，法国索姆省省会。普鲁斯特曾翻译英国作家约翰·拉斯金的
《亚眠的圣经》。

## 致路易莎·德·莫南德

天空色床幔
床的天使玫瑰色


天空色的，一顶床幔，
天蓝中白色云纹翻滚
在路易莎头上，她睡前
小读，侧卧着身。


精神不能再聚拢：
头被睡意压低，
视而不见一根树枝
在勒梅尔笔下长成。


借口这是礼拜天
普鲁斯特在天使
俯身的天堂间，
流连忘返……转眼星期一！


从衣袖上最纯洁的那个花萼

（由最细的纺线编织）

如一截白色树枝，路易莎手臂

摆动、抬起、闪烁

如此美妙尽管有点儿麻痹。


如果我说过一个天使

从这撩人的天堂里垂倾

飞落蓝白相间的天空

直抵瑰色与白色的处子，

我肯定看错了

那本是来自塞夫勒①的两个情人

眼看着双唇厮磨

略带慌张却甜美诱人

两颗心也彼此结合。


客厅的门半启

看见绛色帷幔

突尼斯蓝一片澄碧

……


蓝色的床，红色客厅

万物沉寂听不见一声

---

① 塞夫勒，巴黎西郊一个盛产瓷器的地区。

蓝紫色的贵重宝匣

紧锁一枚瑰色珍珠

……

 漂亮朋友们

## 志同道一

致丹尼尔·阿莱维

给我一大袋金银或铜钱
给腰身嘴唇手掌补点儿元气
抛下虚荣——军功、文名、元老院
我将逃逸，不是昨天、今晚，就在明日

逃到覆盆子飘香的草地——绿宝石、红胭脂！——
不受乡下的麻烦困扰，霜露或马蜂
我愿与温柔的孩童共枕同眠，爱守终生
雅克、皮埃尔、费尔曼其中任一

去他的！道学家口中那羞于启齿的过错！
鸽子，堆雪！放声唱，鲍鱼！涂上金粉，苹果！
只盼到死都呼吸着他的气味！

在月亮的珠霜里，在太阳的金光中
我愿……如死如醉
远离道德阴森纠缠的钟声！

**留意到缺席的人，想起丹尼尔·阿莱维，
写下一首十四行**


你的双眼如夜晚闪亮；
顶着壮健的埃及人头颅
凌驾在古老的石棺之上
树立起沉着的气度。

纤细的花柱呈淡色
那只鼻子坚挺精致；
双唇折射幽暗的光泽
如正在成熟的梅子。

当一团火微妙挑剔
激荡这灵魂与这青春
充满天仙精美活力的躯体，

宇宙在蒙昧中笑着，映出自身
如一幅光彩夺目的镜像
在他充实的灵魂上。

## 致丹尼尔·阿莱维

被罚留校最初一刻钟，看着他……


经过滤，太阳把金色雨滴

洒进熟睡的古杉的静谧里

经过滤，太阳把白色斑点

种在被长青花隔断的古杉脚前。


经过滤，太阳把蛋白石

放入淡雾环抱的湖上的清凉里


噩梦！……噢，残暴的王，年轻的索命鬼

老爷子一样难以承受的汗津津的沉睡。


你从永恒的梦开始

就折磨着壮健的男人与迷人的女子

用毒针扎他们的虚无

王啊你的光芒令人不堪重负

闪耀的日光与倦怠的冬青

慢慢将睡着的我刺痛

在正午太阳重压的树荫下。

既然我被这个噩梦
钉在这可怕的魔宫。
终生难逃啊太阳。至少我诅咒
你死，每天给你放血
以面色苍白的梦游者的名义
为人们在如铁暮色里渴死
于英勇惊心的梦中失落希望
诅咒你啊，暴虐、野蛮、惨白的王
梦见夜晚发蓝的凉意
走近神秘的猫……

## 为《丁香》期刊

> 受限于最终的毁灭
>
> 致我亲爱的朋友雅克·比才

**十五岁。晚七点。十月。**

紫罗兰色暗空缀着光斑。万物幽暗。灯，寻常事物的恐怖。

它们压迫着我。夜落如黑色盖子闭合，希望向白昼大敞着，从此逃离。寻常事物的恐怖，夜晚最初时刻的无眠，在我头上人们演奏华尔兹，听得见隔壁房间里盘子被挪动时发出的恼人的窸窣。

**十七岁。晚十一点。十月。**

灯微微照亮卧室那些幽暗的角落，照出一个巨大的跳动的圆形光晕，事物一一显露：我的手——忽然罩上琥珀色——我的书，我的书桌。朱色窗帘难以觉察地分开，月光如丝如缕照在幽蓝的墙上。在这座沉寂的巨大公寓里，所有人都已就寝……——我半推开窗，再看最后一眼，我的朋友，月亮那浑圆温柔黄褐的脸。我如听到万物沉睡清凉的呼吸——渗出蓝光的树——远处随道路间隙变幻的美妙蓝光，如电光照耀的极地，蓝色与浅色铺路石。头上无垠的蓝色原野展开，柔弱的星星如花绽放……——我又关上窗。我上床。我的灯，在床边的台子上，在杯盏、瓶瓶罐罐、冷饮、装帧精美的小号书籍、朋友与情人来信之间，隐约照出远景里的书房。神圣的时刻！寻常的事物，如同自然的一切，我膜拜你们，既然我不能将你们征服。我以自己的灵魂，亲昵或璀璨的意象，包裹你们。我住在一座圣殿里，置身于这出大戏。我是事物的中心，事物为我带来壮丽或忧伤的感触与领悟，让我一一享用。在眼前，我拥有闪光的图景。床榻柔软……我睡去。

## 玛格达

向令慈艾达学学
优雅、迷人又和善
多点儿温柔，多点儿情感
噢，玛格达小姐。

为你唱叙事诗的贺拉斯
这个月为你的坏脾气没少遭殃
玛格达，看在上帝分儿上
宽容一点儿，对别人的过失。

为一个"是"或一个"不"
玛格德莱娜，我的玛格达小姐
能在我头上倒下滔滔的可怖的恶毒！

"永不"，多么大的一个词
对你只尝过酸果的薄嘴唇来说，
当你为烦忧懂得了什么叫面红耳赤
亲爱的玛格达，你将为自己的"永不"悔过。

## "卓越的旺达尔撒他的盐……"


卓越的旺达尔撒他的盐，

可没人在乎，不过加布里埃尔

罗贝尔、让，甚至马塞尔

照例一脸严肃。

## "好辩的无穷追问康德……"

好辩的无穷追问康德：听见吗？

命令止于这笛声喧哗

既然自由如鹰从因果之巢飞离

给你的艺术课本加上注释

索雷尔高于蒙特威尔第与瓦格纳。

## 致罗贝尔·德·比利

你的精神，圣洁如菊，
忧伤不失庄严，
将向我们重述美与痛的话题
在未来某一天。

## 罗贝尔之歌

直得像木桩，干得像石头，
　　他魅力何在?
哪怕一滴泪，在他眉头，
　　都找不出来。


噢，灰色的直路，火石
　　哪有迷人之处?
噢，你凭什么泪不洒一滴
　　让人陶醉——石还是路?


　　而他来自那些整齐划一
　　之地，干燥、灰暗
　　没人觉得美丽。


　　他们相信恼怒的天空
　　让上帝显露。这是
　　一个藏好的上帝，
　　从不光火的魂灵。
X 先生曾云……不朽的语录:

"天空隐藏上帝，多于让他暴露。"

　　你藏了一个上帝，罗贝尔，你可听到？

　　　　这话并非出自我嘴，

　　　　而是来自一个失去理智的醉鬼。

　　你藏了一个上帝，噢，石路笔直

　　头上是恼怒的、一成不变的天空

　　我缓缓走着，心中轻轻地期冀

　　　　有个上帝藏在这天空中。

## 致让·布瓦松纳

在你发间秋天续命：
它悲而华贵之魅
在你发间雍容
哀戚单调的折射里
光彩熠熠

而神秘春日裹在
绿色光晕里，授我以
最可珍惜的感怀
愉悦双眼充满讶异
痴狂体内春日是你
　　淡金又湖绿的眒睐

## 为忧郁画册而做（马其顿新浪漫曲）

丽兹跟老僧说

——我喜欢安东尼，喜欢安东尼我

丽兹跟老僧说

一树梨花盛放时


小丽兹梨花带雨

——我喜欢安东尼，喜欢安东尼我

小丽兹挥洒泪雨

都是老僧招惹


她说：我将不久人世

——我喜欢安东尼，喜欢安东尼我

老僧请任取，从我的宝盒

钻石、红宝石，和

玉髓都沾满了泪滴

还有如花绽放的蓝宝石。


拿起你的玛瑙大镰刀，她说

——我喜欢安东尼，喜欢安东尼我

去翻晒一番，在雨露下面
带着美丽月色的开花的风信子

只因她说：我将死去
——我喜欢安东尼，喜欢安东尼我
早于燕麦被收割
扔进割麦人的篮子
一树梨花盛放时

因为她说：我将为此而死
——我喜欢安东尼，喜欢安东尼我
他将成为马其顿的王者
把僧侣与耶稣教士猎获
加尔默罗修女梨花带雨
边等边将他一树美丽的梨花护理。

## 致安东尼·比贝斯科

在那里，大海一刻不歇
涌向斑岩

在那里！被东风、北风或微风驱赶
我们选中的水浪，涌向斑岩
撞碎翡翠或抛洒蓝宝石
放出俄菲①珍珠万千。

褐色城垛边，岩柱暗影下
我们以黑面包、奶油、克菲尔酒果腹
生如雨果、托尔斯泰、卢梭
唯你的永恒不能令我们满足。

噢，上帝，我们多想对着碧浪
展开画布，或对梦中穿越的
无数地点发出回响。

---

① 俄菲（Ophir），《圣经》中盛产黄金与宝石之地。

只因我们的神思强劲迅疾

如风暴从头至尾访遍寰宇

我们把自己称作某某或安东尼·比贝斯科。

## 致伊曼纽尔·比贝斯科

为答谢伊曼纽尔·比贝斯科将玛尔塔·比贝斯科
地址告诉马塞尔·普鲁斯特而作之书信体诙谐诗


修书一封为让公主知晓
她有多美多可爱（原文如此）
有关这话题我的话没完没了
可信寄到哪儿，这是个问题。

桑与埃米克流连在诺昂
那是个万古流芳的地址
离我们不远，配得上她的声誉；
或在我（优尼科牌）座驾上……

可三月的法兰西还不俏丽，
更远处她已形成自己的圈子，
让我们写信说她有多美：
可信寄到哪儿，这是个问题。

巴尔扎克在波尔尼克

紫苏花丛中安排了

杰出女诗人奥罗拉


而对可爱得连严肃的学监一见

都笑开颜的法拉利而言

低一等的斯图尔查①都是殿下。


殿下（索尔蒂克，眼红吧）

特里斯坦（扮演者范迪克）里的她

在我眼里最好守身如玉


尤斯塔齐奥②或波佩斯库③

尼克拉得④或格莱塞斯库⑤

纷纷来访，登上她的领地。


①②③④⑤ 均为常见的罗马尼亚姓名，没有特指，其中斯图尔查是一个贵族的姓名。

## "在美男界……"


在美男界——你说——他坐头把交椅

贝雅特里斯品尝过，古斯塔娃的座上客

有时得抛下绍梅、儒温奈尔、布吕姆或维特

为猎到这位农尼莱夫赶往库朗斯或韦尔特伊

正如人们时常看到蒸汽船、大帆船或小艇一只

从撞不上暗礁而是将其闪躲

航行于水域之间并迅速通过

身后留下闪耀的纯净航迹

你对这年轻诗人也看走了眼

其实他只在精神世界里流连。

# 致贝特朗·德·芬乃伦

纵你有昂盖朗①般的英勇

美狄亚的魔法或科尔喀斯金羊毛

别指望你何时能得到

贝特朗伯爵稀罕的友情


他的魅力，安东尼说，巨大而精致

对这点布吕姆完全认同

附议的还有克己复礼的沉静书虫

折服于其口中流露的父兄般情义


哪怕顶着洛尔斯、儒温奈尔、哈恩或维特的名号

哪怕头戴镌刻纹章的金色头盔，身披利未人②长袍

没人能把他美到无用的头脑魅惑


迷人的天才哦，生命借之展现

在每个热望中，他如一支薪火

照亮并点燃另一朵新的光焰

---

① 昂盖朗（1042—1106），法国中世纪贵族骑士。
② 利未人，以色列人的一个支派。

## 诗两首

### I

今晚让葡萄或啤酒花发酵吧
波希米亚啤酒或产自香槟的葡萄酒
为贝·德·芬乃伦，这爱挑剔的朋友
明天要来赴宴，在缪斯陪伴下

### II

这一餐多粗朴；甜瓜配冷餐鸡肉
少许西班牙果酒几款法国气泡酒
鲜得不能再鲜的水果采自田间
用被露水打湿的黄蜂蜇伤的手

回顾完哈恩与达尔布费拉自海上特拉西
带来的那些见闻，听一听他敏捷前瞻的博思
烛照既往，将未来预示

注目芬乃伦吧，为他气韵精妙
品性早慧，曼托尔向他微笑
这古树上生机盎然的新枝

# 过马拉科夫大道


正读着严肃大报《时代》上
泰雷兹或奥里尼亚克的英勇事迹，
美目摄人，如画上阿波罗引领着缪斯
瞧！书桌前坐着贝特朗。


对阵土耳其、犹太、摩尔或阿勒马涅诸邦
在前朝可做骑士，射箭投石
品都斯山还是泰格图斯如履平地
他偏偏边品干邑，边读奥维德的篇章。


如何博他一笑？你不俊俏，也不富裕
为这充满魅力与友爱的机敏人精
波托－里什的马塞尔感到自豪天经地义。


尽管如此，还是尝试接近这颗百合花般的心灵
天下没有友情比他的更甜蜜
其中存留着芬乃伦式的雅致。

## "《斗争》这戏曾大火……"

《斗争》这戏曾大火；胜利
本人深深地倚在发亮的天上
当获允上前，像乞儿一样
靠近，他正睡在金光里

农尼莱夫短小精干，被一腔妒火
烤得冒烟，圆脸闪在火光里
为德·波托－里什题献给马塞尔的戏
向他表示祝贺（没人相信出于真心）。

可获胜的主人公一点儿不恼
对着那张明眸闪烁的婴儿脸微笑
狡黠的眼神，肤浅的真诚。

他梦着克莱特，或笑对苏珊
答谢帕尔尼为自己省了麻烦
他正偷偷按着艾伦娜的酥胸。

## 致路易·达尔布费拉

马塞尔自问：阿尔布要做啥？
看起来今晚盼着打个盹。
可，我亲爱的您，路易莎一个美人
天底下最爱路易·达尔布费拉。

路易莎朝他一瞥，两眼放电
安慰自己说：今晚路易心归我。
——也许，阿尔布只想进被窝
像弹子躲过记分员那双法眼
球杆儿颤巍巍猛力一击
就乖乖摇摆大跳萨拉班德
激动地向台边滚得真是快活
白球要把它追上，可哪来得及？

对我们所有人来说，路易莎即纯洁女神
那双迷蒙、调皮、温柔的美目一旦许诺
她的身体定能兑现，毋庸置疑。
但谁也没醉到妄想占有伊人
虽说我们为此祈愿不惜屈膝；

却只能不停瞻望珍藏于心

这极品呀无人能够染指。


这曼妙的身躯我只见过她的头颅

等她专制的主人来征服

只有他一人能君临这华美的盛宴

也许您两位将我的伤悲怜悯

念及苦痛占据我的灵魂

直到我棺材下葬那一天，

（不是人们不断扒开曝光

带走了秘密的那些"棺材"

而是土埋半截那一具，临终弥撒上

永远照看我们每一人的棺材

贝特朗、路易莎、让娜、马塞尔、安东尼、路易

所有人，有名没名的，朋友与宿敌。）


朋友啊，搞错了，看你们的情事

打我眼前经过，我没一丝悲伤

阿尔布的骄傲，这唯一值得艳羡的王

这疯子，人人只许他一人发痴


朋友，我没后悔，朋友，我也不幽怨

当看见一只蝴蝶站上花瓣

您的热吻洒向她的芳唇，

阿尔布，想到床榻我了无余恨

（当瘦削的鼻子，慵懒地发声

挖苦、抱怨糖浆不够冰

在从不人挤着人的拉鲁

或亨记，那些您款待我的高尚去处）

您抱紧娇躯抚爱不停


阿尔布，我无怨无悔，因很久前

我就明白，您的快乐与她的是硬币两面

我的快乐在于看见您的快乐

对路易莎别无他求，除了

把您变成快乐路易举世无双

她忠诚的男友，唯一的情郎


我对您的友谊，牢固且敏感

早已浇灭我对她那稍逊一筹的欲念

就算我心中孵出爱，亲爱的您

也占着其中最好的一份。

## 致让·谷克多

自你的南方我为此提笔写信
让：沉默如铅，话音如银
当与友爱、智慧乃至健康
女神照面，词语可派用场。
为此笑纳这些话，虽报偿微薄
你魅力四射，擅于带给我欢乐。
先说文章：你慧眼识天才
把在下当成魏尔伦铺陈文采
你借《信使报》版面为鄙人撰文
把牧神般的我推到滚球草地中心
不粉魏尔伦的朋友毫不买账
掏荷包买单免不了嘟囔
连鄙人，让，也只寄五十法郎。
但我要脸。翻倍、乘三？但说无妨。
另，我要去看《蜂鸟妈妈》。
置身于青年典籍和鲜花：
除了魅力典雅的普伊拉加德
面相骇人让我多少将弗兰想起
谁引发兴致（或说谁提起兴致）？

能否嗅到玫瑰与百合的芳香

当来到被尊为卡扎利的那位近旁

并从蒙托与让·克恩①身上闻到

被我称作克恩奶酪之子的味道。

---

① 让·克恩，查无此人，学者疑为拼写错误。

## "为给我盖上云纹绸和裘皮……"

为给我盖上云纹绸和裘皮

让的大眼中黑墨汁不洒一滴

天花板上一飞仙，雪上一滑板

纵身跃过尼金斯基近前桌面。

彼时正在拉鲁餐厅紫红房里

那儿金碧辉煌一向高调品位可疑。

大夫一把胡须服帖浓密

说道："本人在此也许不合时宜

但若一人留下就会是我留下。"

我心正被几句"印第安纳"融化。

## 此地常驻阿尔芒·德·格拉蒙

### 吉什公爵

如名伶"小矮子"一人千面

吉什公爵阿尔芒·德·格拉蒙现身

可不满足只做剑侠与爵爷

再加画家，玫瑰啊，为妙手驻留！

他常临渊思忖万物的来由。

也许当夜宴上笙歌漫漫

公爵城堡上瑰色的和弦

用旋律给天空染上红晕

吉什轻瞥见柔缓的乐音

双簧管悦耳而神秘……某日

被他在粉彩画的一角录下

画家身体里跑出个化学家，难相处

一个要学调色，另一个研究叶绿素

过客们为这壮丽装潢着迷

举目向这雄伟的建筑致敬
吉什公爵阿尔芒常驻此地

画出万物永恒轮廓的艺术
他跟列维、杜兰及勒里仕习得
阿叶特教会他连挑战也赏心悦目

而笔刷与佩剑彼此交叉
将公爵的纹章一切四瓣
看，家族主干意外的新芽
指南针上细分的罗经点

嘘，罩在他日子上的幸福更纯
华美而不朽的羽饰令他坦然
据说缪斯塔莉朝他显露笑颜
披着维纳斯衣钵还绑来了爱神

此地常驻吉什公爵，阿尔芒·德·格拉蒙

## "摩尔人中的巴尔扎克……"


摩尔人中的巴尔扎克，让步履匆匆

溜光水滑，双眼神思凝重，

卢锡安像一只精心修剪的卷毛犬

清清爽爽，胖乎乎惹人爱恋；

艾尔曼，耐心都能被他消磨干净，

尼金斯基，火箭超拔无限动能，

不见残留不可思议一团黑烟；

巴克斯特，玫瑰花魂，馋嘴的驴子，

伯尼，麦麸的肚子，玩偶的脸

那只手好似随时能对你亮剑，

目光评判着你该归入哪个等级。

 雷纳尔多·哈恩

## 致雷纳尔多·哈恩

你情愿你的短腿猎犬过得不称心
这样当你出现,它能从窝里抽得出身
在它眼里,你是上帝!
噢,雷纳尔多,我是你的短腿猎犬
却不能真像他那样如影随形,多可怜
还不能哭出声,在分别时

## "像来自埃斯特 – 摩德纳或帕尔玛的老绅士……"

像来自埃斯特 – 摩德纳或帕尔玛的老绅士

顺着你高贵的鼻子打量着我们，查第格

（好过马德里的委拉斯开兹最栩栩如生之作

跟他一样黝黑），——我倾心他的魅力

以及优雅做派；不过我洒下泪一滴

为了我曾倾慕的那一位；他能更出彩

讲出你的秘史，胜过你的教父伏尔泰。

## "正绕过窗……"


正绕过窗，正潜进
公寓，正溜出门，
我们的猫主子，你想起他
有那么稍纵即逝的一瞬。


（胡编拉封丹）

## 在对一个美妙回应的感念中


写个不停，为有朝一日读到你！

巨魔一样的太阳抖动在你的竖琴里，

当你垂顾开唱，莫扎特说"嘘"

看得到人们纷纷双膝着地，

那里，壮丽的雨水涨起

奇妙的诗章如浪花流溢。

看见韦伯一怒砸碎琉特琴，

爱乐者嘘曾倾心的作品，

塞萨尔·弗兰克与福雷只好关门大吉，

奥芬巴赫想再讨一点儿雅致的俏皮

呆呆地看维纳斯冲着他鼻子嗤笑。

来自德尔斐的人们，向你祷告

双臂张开，那里的福玻斯宠你！

种马踩着无上的节拍拔地而起

日神将金色的种子向你一人播撒，

来自海边的人们，那儿百合花盛放，

墨伽拉人，阿克罗柯林斯人

伊克提诺的孩子在柱脚上笑声吟吟，

善骑的阿尔戈斯人，泰西封人

来自咆哮的怒海上的人们

在顺服的海岛间他们的故土最宽广

一起来将自己迷醉的灵魂向你献上。

因为雷纳尔多，你的歌有如此的魔力

只消以哆、来、咪、发、唆、拉、西

排箫的七个音

比可爱的蝉更轻柔地歌吟

    征服

斯巴达的英雄，奥林匹斯的众神。

## "啊，当你声震寰宇的巨大成功……"


啊，当你声震寰宇的巨大成功

如源自热带的极光在萨尔茨堡上空

　　　　发出夺目的光芒

人们买空德巴克花店把花撒向你

被史诗性胜利雷击的胸膛

像赞美圣桑和加布利亚克一样赞美你！

那么，Bunchnibuls 啊，不知世上有 Buncht

假如，这洛斯克与巴克的同行暗地里

将一幅素描寄给他中意的 Bunchnibuls

　　　　你能把它当成废纸？

　　　　噢，雷纳尔多，你能不理？


啊，当利百加低声幽怨

自语，向上天为以撒祈求平安，

　　　　以撒感人至深的话

还有，崇高的创造者，优雅地在不经意间

将世人从未听闻的词句加入这首咏叹

　　　　机缘只说给了他！

当伯爵夫人，啊，——伊萨卡或

法拉尔——趁没人看见

爱抚凯鲁比诺，这不被博马舍待见

　　莫扎特捧上天的家伙！


在俗气的舞会上，模样雷同

难分彼此，达维扎尔侯爵与达拉蒙

　　东颠西奔

要不是格里封未雨绸缪，从袋里掏出药膏

——这考尔维扎尔的发明——他们已热倒

　　大限来临！


当丽莉——噢，特森①——要以若干美味

搭配她的加奶咖啡

　　在某个"餐厅"中

为此她得对抗二十个波赛冬

奔向——噢，这是馋嘴女士的代偿——

并藏身在昂格鲁－诺曼底海岛之上。


当米拉躬身致意的普塔莱斯夫人情愿

在你身上厮磨她那令所有国王心心念念的

　　两片芳唇

---

① 特森（Tessen），日本铁扇，一种扇形的兵器。

高贵的伊索尔德与等而下之的阿尔西斯特

出色的菲丽娅想获得剩给她的角色

　　双手捧住您……

于是，噢我的美神，对那位用吻

　　将你吞下的利特文女士

讲，我护卫着那些德意志化的爱人

他们的本质与神圣形式。

## "啊，芸芸众生中没一人……"


啊，芸芸众生中没一人

  显赫的公爵或乡下人

能向亚美利加

为您，噢，大师，提供

  荐函一封，

形如棍子架的隐居的我

德戴尔巴赫或舍维涅

  ——顺从地——

把你推荐给扬基人

  并指导他们

唱你的歌

  就像上课。

弗拉基米尔，高贵的大公

  ——太迟，没用！——

从他的桌前

  发许多信函

不是——有啥用？——给富尔德，

  而是给古尔德！

温婉的普塔莱斯夫人

即将迎来百岁寿辰

百岁——太晚了——以

她绝伦的妙笔

　　让你引起领事

阿尔希德·艾伯瑞的注意！

被你专栏嘲讽过的

　　那些家伙

包括诺夫拉尔师从的莱斯克弟兄

把对你的溢美之词

　　唱到天使耳朵里

唱给所有这些肉贩子听。

## "噢，雷纳尔多，我要对你讲……"


噢，雷纳尔多，我要对你讲！

既然你故意跑掉——疯疯癫癫！

在那一刻，我正鼓起胆量

双手急急地翻开《费加罗报》最后一版

噢，雷纳尔多

我对你有话要说！

而你这孩子能对我那套

受古谚启发的至理名言包容

并不耻为自己所用。

正如对古希腊传统，拉辛用得好

以及莫利亚斯①……抱歉，神奇的竖琴

你哟，让迷倒的古斯塔娃不再消沉，

神圣的乐手，原谅我

噢，你继承了波利齐亚诺②的衣钵。

为什么，你自问，马塞尔给我写信？

子夜已过，睡意上身。

而你的鸽子却依旧拍打翅膀

---

① 莫利亚斯（Jean Moéas，1856—1910），希腊裔法国象征主义诗人。
② 波利齐亚诺（1454—1494），意大利诗人，人文主义者，文艺复兴时期重要人物。

愿一头扎向你的枕边

对你，噢，Buninuls，他柔情满腔

想到萨尔茨堡令他难眠

尽管睡意让他哈欠连天，

人们说罗斯柴尔德乃银行世家，不乏斐然的业绩

将钱存到他家，则是所有有产者昂贵的仪礼

不管西班牙人，还是墨西哥人。

于是从容不迫地向车夫发令：去拉菲道！

有罗贝尔看护，像救济院一样美好，

大宅的门槛上镌刻着财富二字

太多人拾级而上，路面已被磨蚀

古宅引来了亨利·卡恩。

所以谁在乎

特鲁蒙搅起的那些乌烟瘴气？

谁会跑到勒克弗尔书店买他的烂书？

不过 Buncht，守住你的家产，我的孩子！

尽管现政府亏待僧侣，

让我们为最看重的利益受损担惊，

相信我，投资仍有获益的前景，

人们羞辱军人，驱逐神父，

可当庞加莱一出现，利润重又增长

所以 Buncht，继续投资、下注

这跟从军一样光荣——别放弃希望。

如果海尔梅斯①曾是世间骗子的神

———————————————

① 海尔梅斯，古希腊神话中掌管贸易的神。

别说不是！阿瑞斯①不过八两对半斤。

你会说荷包一旦满得叮当响

便魅力四射；等它空了，人就跑光

侯爵夫人达尔布费拉有同样的说法。

不过，别孩子气了，雷纳尔多，用脑子想想！

听听罗贝尔·德·罗斯柴尔德（我看可疑）怎么讲！

亲爱的，他会告诉你应该做点儿啥。

也许俄国，曾经的巨富

现在跌入谷底，他让你去投身那里

如一个站在峰顶的暴发户

在夜里想尝尝无底深渊的味道，啥都不顾

依我愚见，这比犯罪更可恶

沙皇比孩子善变，他的敕令——波将金②骗局，

证明商业发展将持续，威廉一世

或普里姆元帅，都不能拦阻，

再说，百分之三已不是最高的利率。

请相信，我不跟你说这些，至于押韵

则是我不齿屈就的游戏

证据如此：即将就寝允我告退

不强求吻别你，我的宝贝。

　　早安

---

① 阿瑞斯，古希腊神话中的战神。
② 波将金（1739—1791），俄罗斯帝国公爵，曾任克里米亚总督，为应付女皇巡查在沿途营造悦目的假村庄。

## 太息桥咏叹

有一天凡尔赛隐士

给他的雷纳尔多修书：

既然本人身无分文，啊，你

啊，别惦记什么礼物

啊！啊！啊！啊！啊！啊！


这是电车公司股票一张

我脑子灵光为你投资，

却有点恼火，你不买账，

不买账。对我不理！

啊！啊！啊！啊！啊！啊！


论做生意我特有的天分

知道如何为你投机

　　　（强调说）

就是电车公司股份

我要，我要，给你寄去！

啊！啊！啊！啊！啊！啊！

## "我独自一人……"

我独自一人，临着窗等待。
那是一个秋夜，我记起，
或是那晚，Buninuls，也许
风声单调，反复低语
在我倦怠的心里，摇曳一把幽思。

## "临着皇宫……"


临着皇宫（在岛对面）

此地住着我的小雷纳尔多，

国王，——君临——，哆、来、咪、发、唆、拉、西、哆

可他心里没他的小马

尽管此人为他画了这幅好看的画。

## "宁可错爱上他人……"


宁可错爱上他人
　　　　与我的愿望全相反

对自己的歌艺骄傲得道理也不问
　　　　他对我受苦视而不见！
蓝色海浪上千帆收起
　　　　望到我的画作，
毫无回应，视若不见，蓄意
　　　　嘲笑我！


越过教堂拱垛般的岩石
　　　　他看见
翻滚泛白的碎浪退去
　　　　喧哗在耳畔；
尽管有些胆怯，他走下水洞
　　　　一脚深一脚浅，


眼前的结晶上暗流涌动
　　　　紫玉与碧蓝；

待从宫苑深处重现时他看起来很饿

　　因他一直饥肠辘辘

在他佯装逃离的高贵宫殿中

各色美食肉鱼蔬果

　　多得不可计数!


所以当莎拉和克拉丽斯问:"噢,大师

　　你将为我们唱哪段?"

他答道:"咱们能不能早一点儿开始

　　就餐?"


然后他走下港口,往堤上一靠

　　心里全没有马塞尔仕,

只是自语:在拉波尔①我能见到

　　里斯勒②映在威尔士人眼里。


再见桑松宫时他毫不在乎

　　那些褪色的记忆

对他不爱香水的孪生兄弟也全无

一丝一毫相思。

　　足矣。

────────────────

① 拉波尔(La Baule),法国西部靠大西洋海岸地区,以沙滩宜人著称。
② 里斯勒(Edouard Risler, 1873—1929),法国钢琴家。

# 贴身仆人

## "既然您保存所有不同的文稿……"

既然您保存所有不同的文稿

我感到用诗给您留言的必要

民族主义者尼古拉

如果您不累

二十分钟后给我送一杯

热气腾腾的鲜奶咖啡。

## 致塞莱斯特

高挑，俊俏，偏骨感，
时而轻捷，时而怠倦，
迷倒王公盗跖一片，
对马塞尔言辞尖酸，
拿个醋瓶报答蜜罐，
伶俐，正派，脑筋活泛，
俨然就是图尔主教女眷。

## "啊！多么美妙的体态多么高贵的举止……"

啊！多么美妙的体态多么高贵的举止

目光如两朵勿忘我

如您必须告辞，直到您告辞

她才休息片刻

塞莱斯特

值周天使长身上看得到一朵花的

玫瑰色

## "愁苦的天空涂着惯常的灰暗……"


愁苦的天空涂着惯常的灰暗，

晴日乍现，蓝更显悲戚，

面生的太阳洒给冻原

那几滴谁也焐不热的光雨；

Auxillac，田野忧愁气质的化身

幽晦无边无际，无声无色，

La Canourgue 身影巨大向远方延伸。

贫瘠的园圃结不出花朵。

François – Régis 汲水归来，牡马消瘦，

驯服，焦躁不安，如陷在梦中，

沉静的头竖起，时不时

深吸口气知劲风正在生成。

杂　诗

## 我时常凝视记忆的天空

时间令一切消退如海浪
将沙滩上孩子们的习作抹平
词语如此精确如此模糊仍被遗忘
在每个字后面我们都曾感受永恒。

时间删除一切从不熄灭眼睛
如猫眼如星星或清澈如水
在天上还是在珠宝作坊都一样美
为我们燃烧如火欢快或悲情。

像从匣中取出的珠宝的眼睛
投入我心之光坚硬如石
当被嵌进眼睑般的首饰座里
折射高贵而落寞的色影。

另有眼睛如火温柔爱意闪烁
仍为普罗米修斯而迷醉
我们带着它饱受其折磨
光芒太过纯粹宝石太过珍贵。

永远嵌满了记忆的天空
我所爱慕的人们不灭的双眼
如荣光照耀如逝者做梦
我的心点亮如五月的夜晚。

遗忘如雾令面容模糊
遮蔽从前向神明奉献的敬意
令我们痴狂或理智的人与物
引人迷途的魅惑与信仰的表记。

时间抹去晚间所有亲昵
我的手不离她如雪的纤颈
若琶音她的注视抚过我的神经
春天在我们身上将香炉摇起。

本属于快乐女人的另一双眼
巨大、黑暗似悲戚
深夜的惶恐与晚间的奥义
灵魂夹在迷人的睫毛之间

目光多快乐，心有多空洞。
还有眼睛，海一样善变温存
将我们引向深埋眼底的心灵

像海上之夜，未知引领着我们。

在澄净的眼之海里游弋
欲望将缀满补丁的帆鼓起
忘掉过往的暴风雨，我们再起航
远眺那灵魂的发现之地。

向四方远眺，心万变如一
被眼睛蒙骗，我们如它的老囚徒
本该留在葡萄架下睡得安适
你仍要上路，哪怕尽知天数

为了心中那充满应允的眼睛
如一片海在夜里把太阳梦见
你练就一身无用的本领
为抵达比现实的水域更远处，

能预示未来的神圣云拱之下
那在狂喜中叹息的瑰色梦境
记忆亮起佳期到来，甜蜜啊
为一个梦备好这些伤痛。

## "我脑子里有一只鸟奇怪又体弱……"


我脑子里有一只鸟奇怪又体弱

唱得好过泉水、树林

——叫声庄重讨人欢心——

多愁又善感偶尔才快活。


我大门不出,为了呵护它

躲避风寒,空气污浊,雨落城中。

鸟靠在冒着红光的火炉旁如置身花丛

当严冬正用它萧瑟的笔作画。


不好!为寻求刺激、享乐与生僻的字词

我把门窗开得太大,让人闯进

足以致命,鸟的眼中不染一尘

是谁闯入?可怜的小生灵一命归西。


鸟又是谁?这天国的火苗

熄灭了,弃下我,向太阳逃奔

从生命这场梦中惊醒的时分

自言自语:"我的灵魂啊小鸟。"

圣鸟是我们的灵魂与诗

灵魂即诗。可叹鸟儿自戕!

像怨艾的梦游者,我们将灵魂遗忘

今生何往,穿过交替的抚慰与打击?

## "苍白，如陶瓷珍品……"


苍白，如陶瓷珍品

梦临栗岛国①畔乳白石色之海

轻柔似日本工艺的清亮色彩

精美的水釉上四月展颜，

淡色苹果树落叶飘入

（在这容得下可爱的荒诞的国度）

被视为瑰宝的精妙花瓣间。

头顶闪耀白色蛾群，

轻柔似锦，色调精微；

多露之晨，天空低垂。

---

① 栗岛国，传说中朝鲜半岛上的乌托邦。

## "你将看到，熟悉却难以破解的征兆……"

你将看到，熟悉却难以破解的征兆

浸在暮色里身影依稀

缓缓上升，越过落日，开始闪耀

一轮金月在瑰色尚未褪尽的天际。

## 为忧郁画册而做（法兰西新浪漫曲）

那鹡鸰——我眼里的紫水晶

隐入颜色更深的水塘中

鹡鸰已巡遍了这里

　　久候的时机降临了……


那夜莺——我耳畔的黄水晶

透过薄纱向你的心啼鸣

夜莺独自从林中飞离

　　玩一把传环游戏。


那翠鸟——我吻一吻你

淡色眼里的乳白石

翠鸟逐浪歌唱

　　在圣蜡节上


那知更鸟——游戏于碧浪

小淘气在一束光里闲荡

要是知更鸟偷走了大麦粒

　　我们得在圣乔治节前种好地

那斑鸠——美丽如钻

恋人心中燃烧闪耀的火焰

斑鸠抖动羽翅

忠诚如一


那蜂鸟衔起月光石

猜那是我给伊人的赠礼

蜂鸟安睡石竹深深

我将亲吻你的双唇。

## "如果您对滔滔不绝不中意……"

如果您对滔滔不绝不中意
夫人，我将奉上这首献词。

如应您双眼高贵的蓝色钦点
夫人，您双眼美如圣母玛利亚一般
蓝得如世人所说——足以让不止一道——
两道月光或两片鸢尾花瓣妒火中烧，
两只蓝蝴蝶陷入睫毛的线圈
在精致的网底一颤一颤，
对您温情淡雅的双眼我言听计从
如长春花和乳白石的倒影
还有——天的碎影映在水面
镶着白桦与椴木暗影的镜边
微风袭来时长久地波动
一抹微笑中战栗的蓝影！

附录：关键词

## 诗人与作家

在前辈诗人中，普鲁斯特喜欢波德莱尔、魏尔伦、缪塞、内瓦尔，尤其推崇**波德莱尔**。**本辑前六首诗**被认为是受波德莱尔影响的少年之作。

在《"塞维涅、伏尔泰与圣西门……"》一诗中，普鲁斯特向更多的前辈作家致敬，其中包括：

·**塞维涅**（Madame de Sévigné，1626—1696）：塞维涅侯爵夫人，以给女儿的数百封信件著称。

·**伏尔泰**（Voltaire，1694—1778）：法国启蒙运动思想家、作家。

·**圣西门**（Saint-Simon，1675—1755）：圣西门公爵，法国历史上著名的传记作家，普鲁斯特曾戏仿他的写法。

·**儒贝尔**（Joseph Joubert，1754—1824）：法国哲学家，认为自身病患激发了事业的成功。患哮喘病的普鲁斯特从中得到强烈的心理暗示。

·**杜丹**（Ximénès Doudan，1800—1872）：法国新闻记者。

·**普林尼**（Pliny the Elder，23—79）：老普林尼，古罗马历史学家。

·**巴尔扎克**（Honoré de Balzac，1799—1850）：对普

鲁斯特影响最大的作家之一，尤其是《人间喜剧》的全景式的写法。

**约翰·拉斯金**（John Ruskin，1819—1900）：英国作家，对普鲁斯特影响至深。普鲁斯特翻译了他的《芝麻与百合》《威尼斯之石》《亚眠的圣经》，在**《致玛丽·诺德灵格》**（见"女神们"）一诗中有所指涉。普鲁斯特英文不过关，翻译时要依靠精通英语的母亲与英伦少女玛丽·诺德灵格的讲解，再按自己的理解以法语写出。

普鲁斯特仿写过同代诗人**安娜·德·诺阿耶、马拉美**，在诗中向**弗朗西斯·雅姆**致意。

在《**"鄙人写了一本小书……"**》一诗中出现了两位同代作家。**保罗·布尔热**（Paul Bourget，1852—1935）是当时著名作家之一，因在德雷福斯事件中采取了反犹立场，不受普鲁斯特待见。**勒内·博伊莱维**（René Boylesve，1867—1926）对普鲁斯特情感复杂，他对《追忆似水年华》既敬佩，又为其"完成了他一直梦想完成的事"而妒火中烧。

**保罗·莫朗**（Paul Morand，1888—1976）算是普鲁斯特的一个晚辈，被称为现代法语文体开创者之一。普鲁斯特曾为其首部小说集《嫩苗》（*Tendres Stocks*，又译为《温柔的存储》）作序，借此阐释自己的文学理念。莫朗1919年出版诗集《弧光灯》，集中有《影》一诗（见本书"译序"），是一首献给普鲁斯特的颂歌。普鲁斯特赋诗回应，即《致保罗·莫朗》。

## 说谎、戏仿与嘲讽

### 说谎

《谎言》（一）及其变体《谎言》（二）中的"说谎"主题，贯穿了普鲁斯特一生的创作。对他来说，说谎乃人性，与对快乐的追求同等重要，也可以说谎言即因对快乐的追求而生。人只会对在乎的人、为在乎的事说谎，保护快乐或荣誉不受损害。普鲁斯特初见密友安东尼·比贝斯科（见"漂亮朋友们"）时，用自己白皙柔软的手握了一下对方的手，随后解释说自己没有握得孔武有力，是怕外人把自己错当成一个借像直男握手方式来掩盖同性恋身份的人。

普鲁斯特的朋友**里昂·德拉弗斯**（Léon Delafosse）为《谎言》（一）谱曲。这位并不重要的音乐家，因长相秀美，深得普鲁斯特倾慕。

### 戏仿

对普鲁斯特来说——与对大多数作家一样——"戏

仿"是一种语言练习，轻松的、可进退的模仿。创造从模仿开始。

《对德·诺阿耶的小小戏仿》是对**安娜·德·诺阿耶**（Anna de Noailles，1876—1933）的戏仿。她是普鲁斯特同代负有盛名的作家，写过二十多部诗集、回忆录与小说。她是普鲁斯特好友比贝斯科兄弟的表亲。她在一首名为《献祭》的诗中曾说：

> 我在香雾缭绕的寺院中得见座座金色岛屿
>
> 响彻日本少女清脆的声音，在这江户城里

普鲁斯特在他的仿写中提到了远方的尼斯、江户，以及对法国画坛影响深远的日本画家葛饰北斋（1760—1849）。与"远方"对应，诗中其他的地点都近在眼前，位于巴黎城里或近郊。

《**地址簿**》戏仿了**马拉美**在 1894 年出版的小册子《邮政之乐》（*Les Loisirs de la Poste*）。在这本书里，马拉美将朋友的通信地址，统统写成了四行诗，跟信封上的地址栏看起来非常相似。普鲁斯特曾撰文反对晦涩的写作，所以并不招马拉美待见。普鲁斯特这首诗中的地址涉及人物如下：

第一个地址：女诗人安娜·德·诺阿耶。

第二个地址：女画家玛德莱娜·勒梅尔。

第三个地址：菲兹·亚姆伯爵夫人，当时的社交名媛。普鲁斯特在这里强调的其实是诗人**弗朗西斯·雅姆**，雅姆在《追忆似水年华》面世时第一个发来热情洋溢的赞美

信，深得普鲁斯特之心。普鲁斯特曾称雅姆是那个时代最好的作家。

第四个地址：阿德埃约姆·德·舍维涅伯爵夫人。

**奥斯曼大街 102 号**是普鲁斯特舅爷的公寓，普鲁斯特在父母去世后开始住在这里，直到公寓在 1919 年出售才被赶出来。《追忆似水年华》大部分写作于此。在这里普鲁斯特成长成熟，爱恨情仇交汇，现实与文学虚实相间，一个人度过了众多个人生。诗里提到对劳拉·海曼（见"女神们"）、女高音歌唱家丽莉·雷曼的迷恋，对音乐家艾尔曼（Edouard Hermann，1865—1932）的欣赏，后者也是雷纳尔多·哈恩的好友。

在《回声》一诗里，普鲁斯特仿写了德彪西作曲、梅特林克编剧的歌剧《佩利亚斯与梅丽桑德》，"马凯尔"（Markel）是把马塞尔（Marcel）与剧中人物阿凯尔（Arkel）名字捏合在一起。

普鲁斯特称《"我为什么那么爱忍冬花……"》一诗译自德国诗人海涅，但原文难以寻到，也可当作一篇向海涅致敬的仿作。


**嘲讽**

在《"德家人的沉默……"》一诗里，普鲁斯特调侃了政客**贝特朗·达拉蒙**（Bertrand Sauvan d'Aramon，1876—1949）。同普鲁斯特一样，达拉蒙也毕业于巴黎政治学院。

他 1910 年第一次当选国会议员，1920 年代末到"二战"结束前一直从政，"二战"中投靠维希政府一边。诗中提到的古尔戈（1881—1944）是普鲁斯特的朋友，有名的艺术品收藏家。萨拉指安东尼·萨拉伯爵（Antoine Sala），一位外交官，与普鲁斯特一样经常出没于利兹酒店，在男性侍者中争宠。普鲁斯特与朋友们以**"萨拉主义者"**（salaïste）指同性恋者。

　　**《花季少女》**为自嘲之作，"花季少女"即《追忆似水年华》第二卷的卷名。

## 写画

　　"写画"这一传统在十九世纪因魏尔伦与波德莱尔而风行。普鲁斯特也曾试手，为以下画作赋诗，并由其密友雷纳尔多·哈恩谱曲出版：

　　**《阿尔伯特·库普》**（两个版本）：阿尔伯特·库普（Albert Cuyp，1620—1691）的《出发去漫步》；

　　**《保卢斯·波特》**：保卢斯·波特（Paulus Potter，1625—1654）的《茅屋前的两匹驮马》；

　　**《安东尼·华多》**：安东尼·华多（Jean - Antoine Watteau，1684—1721）的《舟发西苔岛》；

　　**《安东尼·凡·戴克》**：安东尼·凡·戴克（Antony van Dyck，1599—1641）的《里士满公爵》。

　　这四幅画今天在卢浮宫可以看到。

　　普鲁斯特从小受家中悬挂的低地国家画家作品影响，1902 年曾与密友贝特朗·德·芬乃伦（见"漂亮朋友们"）前往比利时和荷兰寻访，到过阿尔伯特·库普的故乡多德雷赫特，并留下两首小诗作为记录，即**《多德雷赫特》（一）（二）**。

## 音乐家肖像

　　十三岁的普鲁斯特在回答一份问卷时说,最爱音乐家莫扎特。另外,他曾与其密友、音乐家雷纳尔多·哈恩计划为肖邦作传,然而未果。这四首为音乐家画像的诗,或试图捕捉作曲家特色,如写肖邦、舒曼的诗;或密集引述、致敬其作品,如写格鲁克的诗中指涉歌剧《阿尔米德》《伊菲姬尼在陶利德》《伊菲姬尼在奥利德》《阿尔西斯特》《奥菲欧与尤丽狄茜》,写莫扎特的诗中提及歌剧《费加罗的婚礼》《唐璜》《魔笛》。

## 女神们

**劳拉·海曼**(Laure Hayman,1851—1932)是十九世纪末巴黎最著名的交际花之一,人称"cocotte"("小母鸡"或"轻佻的女人")。海曼生于智利,曾是普鲁斯特舅爷的情人,也可能做过普鲁斯特父亲的情人。她与《追忆似水年华》中的奥黛特有一样的出身,成为普鲁斯特最倾慕的忘年异性之一。**《给劳拉·海曼的献歌》**即题献给她。中年后海曼开启艺术家第二职业,其为舞蹈家邓肯做的青铜像收于美国旧金山法国荣誉军团勋章博物馆。现存最著名的海曼形象可见于朱利叶斯·勒布朗·斯图尔特(Julius LeBlanc Stewart)的"Portrait of Laure Hayman"(《劳拉·海曼画像》,绘于1882年)。

### "公爵夫人"

普鲁斯特一生追逐巴黎权贵社交圈最耀眼的明星——沙龙女主人,这些世俗化时代贵族风度的代表人物。第一位即后文中将介绍的**吉内薇芙·比才·斯特劳斯夫人**。第二位当属**阿德埃约姆·德·舍维涅伯爵夫人** (La Comtesse Adhéaume de Chevigné,1859—1936)。

普鲁斯特在巴黎政治学院结识了同学古斯塔夫·劳伦斯·德瓦卢（Gustave Laurens de Waru，1871—1941，即《诗》献词中的"Gustave L. DE W."，这诗就写在当时的法学课笔记背面），展开友谊的攻势，但"项庄舞剑，意在沛公"，普鲁斯特的真正目标是德瓦卢的婶娘舍维涅伯爵夫人，也就是劳拉·德·萨德，萨德侯爵的后代。伯爵夫人是十九世纪末到"一战"前巴黎最出名的沙龙女主人之一，各界名流对其趋之若鹜。普鲁斯特在剧院里与她初见，惊艳于对方一身雪白纱裙、手持羽毛折扇，将其比作鸟神，进而热衷于去她常出没的地点制造"偶遇"，但遭高冷的伯爵夫人回绝。《"夫人记忆也许模糊……"》一诗即写于这个"追求"的阶段。后来，舍维涅伯爵夫人作为盖尔芒特公爵夫人的原型之一被写入《追忆似水年华》。

　　对普鲁斯特来说，**格雷富耶伯爵夫人**（La Comtesse Greffulhe，1860—1952）与舍维涅伯爵夫人同样重要，是盖尔芒特公爵夫人的另一原型，并赋予了公爵夫人银铃般的笑声。婚前叫伊丽莎白·德·卡拉曼-什梅的格雷富耶伯爵夫人，出身显贵，母亲是钢琴家李斯特的弟子。后来家道中落，她十八岁嫁给金融地产显贵**亨利·格雷富耶伯爵**（Le Comte Henri Greffulhe，1848—1932）。伯爵夫人美丽、优雅，才华出众，精通绘画与音乐，老道世故，极度自我，在她的沙龙上汇集了社会各界名流。她还是世纪之交最重要的艺术和科研赞助人，提携音乐家福雷、俄罗斯芭蕾舞团，资助居里夫人对镭元素的发现。1892 年在罗斯柴尔德家族的沙龙上，普鲁斯特初见格雷富耶夫人，惊为天人，展开攻势。格雷富耶夫人对普鲁斯特的"黏糊"并不买账，但碍于表亲、诗人罗贝尔·德·孟德斯鸠和未来的女婿阿尔芒·德·格拉蒙（见"漂亮朋友们"）对普鲁斯特的看重，她最终将普鲁斯特纳进自己的圈子。也有证据表明，格雷富耶夫人对普鲁斯特的需要并不少于后者对她的程度。在**《致格雷富耶伯爵夫人》**一诗中，普鲁斯特展示了格雷富耶夫人沙龙的吸引力，提到阿尔芒·德·卡亚维，蒂雷纳伯爵（Le Comte Louis de Turenne），诗人、小说家、剧作家艾尔芒（Abel Hermant，1861—1950），以烘托伯爵夫人众星捧月的地位。

格雷富耶夫人的丈夫格雷富耶伯爵，人高马大，志趣却与伯爵夫人的圈子格格不入，对妻子常有不忠，是盖尔芒特公爵的原型。**《致格雷富耶伯爵》**题献给伯爵，提到伯爵一家冬季去郊野别墅度假、宴饮、游猎。

**玛德莱娜·勒梅尔**（Madeleine Lemaire，1845—1928）是十九世纪末二十世纪初法国有名的画家，法国美术协会两位女会员之一，为参加 1893 年芝加哥万国博览会的法国代表团画了海报与画册封面，还教出过玛丽·罗兰珊（Marie Laurencin）这样的学生。勒梅尔尤以画花著称，她的情人、作家小仲马说过："她创造了最多的花，仅次于上帝。"她的座上客、诗人罗贝尔·德·孟德斯鸠称她为"玫瑰女皇"。勒梅尔拥有当时巴黎最活跃的沙龙之一，每周二（而不是**《悼一条狗》**一诗里所说的周三）与她的女儿苏塞特一道——她们被称为"孀妇"——在蒙梭大街 31 号迎来"整个巴黎"(le Tout–Paris)。1894 年,普鲁斯特在此与他的最爱雷纳尔多·哈恩相识。普鲁斯特为作为艺术家、沙龙女主人的勒梅尔赋诗(**《致玛德莱娜·勒梅尔》《致宾客》**),也为她的亡犬写过悼词(**《悼一条狗》**)。勒梅尔成为维尔迪兰夫人原型之一。

普鲁斯特还活跃在**卡亚维夫人**(Madame Arman de Caillavet,即 Léontine Lippmann)的沙龙上。受她提携,他结识了大作家阿纳托尔·法朗士(Anatole France,1844—1924),后者在 1921 年获得诺贝尔文学奖。卡亚维夫人的儿子——剧作家**加斯东·卡亚维**(Gaston Arman de Caillavet,1869—1915)与妻子**让娜·普凯**(Jeanne Pouquet)跟普鲁斯特从小是玩伴,普鲁斯特是他们婚礼的伴郎。**《"或许克里奥佩特拉与你一样美丽……"》**一诗中提到的小姐便是在加斯东改编的《克里奥佩特拉》中扮演埃及女王的让娜。


## 女友们

**玛丽·诺德灵格**(Marie Nordinger,1876—1961)来自英国,是雷纳尔多·哈恩的表亲,也是一位工艺雕塑家。她从普鲁斯特母亲那里接手,协助普鲁斯特翻译英国作家拉斯金的作品。据传,诺德灵格曾送给普鲁斯特日本干花,放在水中后重新绽放,启发了后者写出《追忆似水年华》

中将小圆饼放入热茶，气味勾连出童年记忆的桥段。**《致玛丽·诺德灵格》**题献给她，提到她在工艺美术方面的超人才华，以及在普鲁斯特翻译拉斯金过程中给予的帮助。

**路易莎·德·莫南德**（Louisa de Mornand，1884—1963）作为舞台剧演员与电影演员是二流的，她的"一流"声誉来自与当时社会名流的交往，以及由此制造的多角关系，包括与普鲁斯特、普鲁斯特的好朋友达尔布费拉侯爵（Marquis d'Albufera，见"漂亮朋友们"）和芬乃伦。**《致路易莎·德·莫南德》**题献给她。

## 漂亮朋友们

1882 年到 1889 年间，普鲁斯特就读于**孔多塞中学**（Lycée Condorcet）。这是巴黎最有名、历史最悠久的四所中学之一，1803 年建校，位于塞纳河右岸巴黎第九区，在圣·拉扎尔火车站与奥斯曼大街之间。诗人马拉美即在此校任教。

普鲁斯特在孔多塞中学结识了**丹尼尔·阿莱维**（Daniel Halévy，1872—1962）、**雅克·比才**（Jacques Bizet，1872—1922），如贾宝玉碰上了秦钟等人，要好得不得了，为人家写诗、写信，黏到让人烦。这也令普鲁斯特初次尝到爱被拒绝的苦，这些可在本辑前四首诗里窥见一斑。

雅克·比才是歌剧《卡门》作曲家乔治·比才之子，《卡门》出师不利，乔治郁闷早亡，小比才的母亲吉内薇芙（Geneviève）寡居十年后改嫁商人、律师埃米尔·斯特劳斯（Émile Straus），她主持的沙龙汇聚了当时政商权贵与文学艺术界明星，成为普鲁斯特登上巴黎高层社交圈的舞台。**斯特劳斯夫人**之于普鲁斯特，正如《追忆似水年华》中的维尔迪兰夫人之于故事的讲述者。

丹尼尔·阿莱维是斯特劳斯夫人的外甥，阿莱维一家本来显赫，阿莱维爷爷弗罗芒坦·阿莱维也是位名作曲家，其歌剧《犹太女人》亦在《追忆似水年华》中出现过。

阿莱维与普鲁斯特的交往持续到成年，他本人是卓有成就的历史学家与散文家。小比才成了一名医生，1922 年在普鲁斯特病逝前两周吸毒致死。

**贺拉斯·菲那利**（Horace Finaly，1871—1945）是一位犹太银行家，曾在 1919 年到 1937 年间出任巴黎巴银行集团总裁，也是普鲁斯特在孔多塞中学的同窗。他出现在普鲁斯特写于 1889 年的一首短诗《玛格达》中，那年普鲁斯特在菲那利家小住过一段。

1891 年到 1894 年，普鲁斯特在巴黎自由政治科学学院（L'École Libre des sciences politiques，现**巴黎政治学院**）这所世界闻名的法国最高学府攻读法律与政治学。他在那里与好朋友加布里埃尔（Gabriel Trarieux，1870—1940）、罗贝尔（Robert de Billy，1869—1953）、让（Jean Boissonnas），一起上阿尔贝·旺达尔先生（Albert Vandal，1863—1910）的"东方学"课。《**"卓越的旺达尔撒他的盐……"**》一诗调侃了普鲁斯特与伙伴们上旺达尔先生课的场景。旺达尔是一位颇有盛名的历史学家、作家。《**"好辩的无穷追问康德……"**》是对另一位历史教师阿尔贝·索雷尔（Albert Sorel，1842—1906）的调侃，索雷尔还是一位作曲家和诗人。加布里埃尔后来成为一名小说家、诗人、剧作家和编辑，曾与普鲁斯特合办文学杂志。罗贝尔成为外交官。《**致罗贝尔·德·比利**》《**罗贝尔之歌**》是献给罗贝尔的诗，《**致让·布瓦松纳**》是写给让的。

**安东尼·比贝斯科**（Antoine Bibesco，1878—1951）贵为罗马尼亚亲王，还是著名的外交官、剧作家。比贝斯科家族拥有十九世纪末二十世纪初巴黎最活跃的沙龙，安东尼的父母作为著名的艺术赞助者，吸引了当时最耀眼的音乐、文学、美术界明星。1899 年，普鲁斯特在这里与安东尼及其兄弟伊曼纽尔、堂妹玛尔塔公主结识，与安东尼成为无话不谈的密友。这个魅力无穷的人赢得了普鲁斯特的信任，普鲁斯特向其倾诉爱怨情愁，甚至委托安东尼暗地跟踪自己爱慕的对象。**《为忧郁画册而做**（马其顿新浪漫曲）**》**写于 1902 年，那年安东尼在母亲病逝后回罗马尼亚处理家产，普鲁斯特想前去探望，但听说罗马尼亚正值果树花季，担心哮喘病复发而不能成行。**《"〈斗争〉这戏曾大火……"》**一诗中提到的《斗争》为安东尼的剧作。作为外交官的安东尼，曾代表罗马尼亚常驻巴黎、圣彼得堡、伦敦、马德里、华盛顿。安东尼娶英国首相赫伯特·亨利·阿斯奎斯爱女伊丽莎白为妻，却不改风流本性，一生情人无数。1945 年被政府逐出罗马尼亚，流亡并逝于巴黎圣路易岛。

**《致伊曼纽尔·比贝斯科》**题献的伊曼纽尔于 1917 年因久病自杀，也有人说他是不堪身为同性恋所遭受的压力。诗中提到的玛尔塔公主后来成为一名剧作家，晚年著有回忆录《与普鲁斯特共赴舞会》。

**贝特朗·德·芬乃伦**（Bertrand de Salignac - Fénelon，1878—1914）是一位双性恋美男子，曾令普鲁斯特迷得癫狂，他就是普鲁斯特请安东尼·比贝斯科暗地跟踪的那位对象。普鲁斯特将他亲昵地叫作"蓝眼睛"。1902年，他曾与普鲁斯特共赴比利时、荷兰，探访他们热爱的低地国家画家故居。这年年底，芬乃伦作为外交官被派遣到君士坦丁堡，令普鲁斯特着实绝望了一阵子。芬乃伦1914年入伍，当年12月死于"一战"战场。

《"在美男界……"》一诗调侃芬乃伦当日有多吃香。其中提到的"贝雅特里斯""古斯塔娃"是罗斯柴尔德家族女眷；"绍梅、儒温奈尔、布吕姆、维特"是芬乃伦同龄人，后均成为文化界名流；"库朗斯""韦尔特伊"是出名的城堡。"农尼莱夫"（Nonelef）是把芬乃伦（Fénelon）字母打乱重新组合而成，这是普鲁斯特跟密友常玩的文字倒错游戏。《致贝特朗·德·芬乃伦》一诗中提到了安东尼·比贝斯科、雷纳尔多·哈恩、勒内·布吕姆（法国总理莱昂·布吕姆的弟弟，曾出力促成《追忆似水年华》的出版）及儒温奈尔。《诗两首》提到一次以芬乃伦为主宾的宴饮，还有从诺曼底小镇"海上特拉西"回来的哈恩、达尔布费拉，以及希腊神话中的曼托尔，来烘托芬乃伦的出众。《过马拉科夫大道》提到芬乃伦的住所，位于巴黎第十六区的马拉科夫大街（Avenue de Malakoff），这里离凯旋门很近，连接著名的福熙大街（Avenue Foch）与大军团大街（Avenue de la Grande – Armée）。《"〈斗争〉这戏曾大火……"》中提到了比贝斯科和另一位戏剧家乔治·德·波托－里什（Georges de Porto – Riche，1849—1930），后者经常与普鲁斯特光顾相同的沙龙，也是斯特劳斯夫人宅中的常客。诗中还出现了女作家克莱特、女演员苏珊及比贝斯科的表亲艾伦娜。诗中提到的帕尔尼似指法国诗人帕尔尼（Évariste de Parny，1753—1814），以情色诗著称，普希金曾说："帕尔尼，我的大师。"

**《致路易·达尔布费拉》** 题献给**路易·达尔布费拉**侯爵（Marquis Louis d'Albufera，1877—1953），朋友称他为"阿尔布"，这个风流公子曾是路易莎·德·莫南德（见"女神们"）的情人。此诗写的便是路易莎、阿尔布（"路易"或"达尔布费拉"）、普鲁斯特之间的（何止！）三角关系。诗中提到"棺木"一词，是普鲁斯特与密友之间的"切口"，指"秘密"。普鲁斯特在1908年向达尔布费拉率先透露了《追忆似水年华》的写作目标。

**让·谷克多**（Jean Cocoteau，1889—1963）是法国先锋艺术的多面手和旗手：诗人、小说家、剧作家、设计师、电影编剧和导演，年纪轻轻便取得声誉，与比他年长、成名更晚的普鲁斯特交游，做长夜谈。有人将谷克多和普鲁斯特分别比作"龟兔赛跑"中的兔子与乌龟。在**《致让·谷克多》及其后一首诗中**，普鲁斯特为谷克多对自己作品的推崇表达了谢意，提到他们与当时文学、戏剧、芭蕾各界名流的交往，包括出演当时名剧《蜂鸟妈妈》（*Maman Colibri*）中的伶优普伊拉加德（Roger Puylagarde）和蒙托（Roger Monteax），普鲁斯特好友、画家弗兰（Jean - Louis Forain，1852—1932），作家卡扎利医生（Henri Cazalis，1840—1909），大名鼎鼎的俄罗斯芭蕾舞艺术家尼金斯基等等。在诗里，谷克多在餐馆里为怕过堂风的普鲁斯特盖上大衣。

让普鲁斯特一见倾心的**阿尔芒·德·格拉蒙**（Armand de Gramont，1879—1962）出身贵族，后成为吉什公爵第十二世，还是出色的业余画家、企业家、科学家，在航空动力和光学化工领域成就卓越。普鲁斯特参加了他与格雷富耶伯爵女儿的订婚和结婚仪式。在**《此地常驻阿尔芒·德·格拉蒙》**诗中普鲁斯特表达了对阿尔芒多方面才华的赞赏，将他比作可以"一人千面"的英国侏儒名伶、人称"小矮子"的哈里·莱尔夫（Harry Relph）。而玛尔塔·比贝斯科说，阿尔芒本人"像青年大卫一样英俊：皮肤白皙，眼睛呈百合色，身材挺拔，一看就是勤于健身之人"。诗中还提到画家、雕塑家列维、杜兰及勒里仕等人。阿尔芒阅读广泛，对《古兰经》也有涉猎，诗中提到"阿叶特"即指《古兰经》。

**《"摩尔人中的巴尔扎克……"》**是普鲁斯特给朋友们画的一幅漫画群像，"让"指让·谷克多；"卢锡安"指卢锡安·都德（Lucien Daudet，1878—1946），作家都德的小儿子；在诗中还出现了音乐家艾尔曼，俄罗斯芭蕾舞大师尼金斯基，画家和舞台设计师巴克斯特（Léon Bakst，1866—1924），巴黎有名的公子哥伯尼（Boni de Castellane，1867—1932）。

# 雷纳尔多·哈恩

**雷纳尔多·哈恩**（Reynaldo Hahn，1874—1947）出生在委内瑞拉的加拉加斯，爸爸是德裔犹太人，妈妈是委内瑞拉天主教徒。哈恩不到四岁与全家政治避难来到巴黎，作为音乐神童，十岁就进入巴黎音乐学院。"一战"后更是成为巴黎歌剧院总监，在萨尔茨堡音乐节做过指挥。作品属于典型的"美好时代"（la Belle Époche）风格，以艺术歌曲最为出名，爱乐者可找来品味。

哈恩早早成为十九世纪末与二十世纪初巴黎最活跃的沙龙宠儿。不到二十岁，他与普鲁斯特相遇在**勒梅尔夫人**家，开始了为期两年的热恋与之后相伴终生的友谊。哈恩超群的才智、热情的性格、对爱与友情的忠诚，使他成为普鲁斯特一生最爱的人，他是唯一一位可以随时不宣而至、不需仆人在场陪伴的访客。他们一起为喜爱的画家、音乐家赋诗、作曲，曾策划共同为肖邦作传，两人出双入对、形影不离，成为当时令人叹为观止的一道风景。

两人互称"孩子""小马""小马驹"，普鲁斯特为哈恩起了诸如 Gunct，Vincht，Binibuls，Buncht，Buninuls，Bunchnibuls，Irmuls 这类带有异国情调的名字，哈恩管普鲁斯特叫"我的小主人"，这种充满依赖性的关系既甜蜜幸福又令人窒息。两年之后，热恋消退成友情，哈恩一直陪伴普鲁斯特到普鲁斯特临终。

在《致雷纳尔多·哈恩》及后一首诗中，普鲁斯特借写哈恩的短腿猎犬"查第格"（与伏尔泰小说主人公同名），向狗主人表达依恋之情。《"正绕过窗……"》一诗则写了一只猫，据说普鲁斯特在凡尔赛居住时看到窗外一人，让他想起之前的一个贴身男仆。他在给哈恩的信中用诗记录了这次心动的回忆。

普鲁斯特为哈恩在音乐事业上取得的成就深感骄傲。在《在对一个美妙回应的感念中》一诗里，普鲁斯特不仅让哈恩与莫扎特、韦伯、弗兰克、福雷等大音乐家平起平坐，更把他抬高到古希腊罗马众神的仙班。在《"啊，当你声震寰宇的巨大成功……"》一诗里，普鲁斯特夸张地吹嘘哈恩在萨尔茨堡音乐节指挥维也纳爱乐乐团取得的巨大成功。为了陪衬哈恩，抬出圣桑、加布利亚克（Comte Arthur de Gabriac，法国男中音歌唱家）、伊萨卡（Adèle-Victorine Isaac，法国女歌剧演员）、法拉尔（Geraldine Farrar，美国女歌剧演员）、丽莉·雷曼（Lilii Lehmann，法国女高音歌唱家，萨尔茨堡夏季国际音乐学院创办者）、菲丽娅·利特文（Félia Litvinne，俄罗斯女高音歌唱家，著名的瓦格纳歌剧演唱者）等一众乐坛名人，插画家洛斯克（Daniel de Losques）与巴克（Sigismund-Ferdinand Bach，"Bac"），以及社交圈名流达维扎尔侯爵（Marquis de Dadisart）、达拉蒙（Comte Robert d'Aramon，普鲁斯特密友之一）、格里封（Vincent Griffon，著名医生）、考尔维扎尔（Jean – Nicolas Corvisart，拿破仑一世贴身医生）、普塔莱斯伯爵夫人（Countess Edmond de Pourtales，出身法国望族，以优雅著称），诗中还提到《圣经》中以撒和利百加的故事、改编自博马舍小说的莫扎特歌剧《费加罗婚礼》、瓦格纳歌剧《特里斯坦与伊索尔德》、格鲁克歌剧《阿尔西斯特》等等。

在《"啊，芸芸众生中没一人……"》一诗中，普鲁斯特为哈恩赴美演出被取消鸣不平，让当时的一众名流为哈恩"背书"，包括自称"凡尔赛隐者"的诗人自己、"音乐之友协会"会员德戴尔巴赫伯爵夫人（哈恩曾寄住她家）、阿德埃约姆·德·舍维涅伯爵（Count Adhéaume de Chevigné）、俄国弗拉基米尔－阿列山德罗维奇·罗曼诺夫大公，出身望族的富尔德与古尔德、普塔莱斯夫人，法国驻纽约总领事阿尔希德·艾伯瑞，巴黎歌剧院男低音和男高音莱斯克兄弟及他们的门徒诺夫拉尔。

普鲁斯特还给哈恩提供理财方面的建议。在《"噢，雷纳尔多，我要对你讲……"》一诗里，他在凌晨一边翻阅《费加罗报》最后一版，一边挂念着哈恩。与许多大报一样，《费加罗报》在最后一版刊发股价表。他绕了一大个圈子后，借古斯塔娃·罗斯柴尔德夫人，把话题引到去罗斯柴尔德银行理财，并指出像当时有名的戏剧家和艺术品收藏者亨利·卡恩（Henri Cain，1857—1937）一样的有产者都是罗斯柴尔德的座上宾。在这里，普鲁斯特斜刺出去，不忘嘲笑了反犹分子特鲁蒙（Eduoard – Adolphe Drumont，1844—1917），即"货币战争"——犹太银行家族罗斯柴尔德操纵世界这一阴谋论——的首创者。普鲁斯特的财务分析，可谓自上而下，政治、经济、军事宏观形势面面俱到，提到了1905年法国去宗教化的世俗化立法、日俄战争及俄国为此发行的国债，以及法国财政部长庞加莱、俄国沙皇尼古拉二世、德皇威廉一世、西班牙普里姆元帅等人。最后的建议还是——听罗斯柴尔德银行家的建议！信写完，天已亮了。到了《太息桥咏叹》一诗，普鲁斯特干脆给哈恩买了一股有轨电车公司股票作为礼物，在那个时代有轨电车属于新经济，相当于今天的网约车。

　　普鲁斯特与哈恩之间书信频繁，其中常夹着信手拈来的诗，如接下来三首诗，普鲁斯特常借此表达对哈恩的思与怨。其中《"我独自一人……"》一诗戏仿了缪塞的《十月之夜》。

## 贴身仆人

在《"既然您保存所有不同的文稿……"》一诗中出现的**尼古拉·科坦**（Nicolas Cottin, 1873—1916）直到 1914 年 "一战" 爆发去参军之前，一直是普鲁斯特家男仆。普鲁斯特认为咖啡能治哮喘，每天喝很多杯，最高纪录一日 24 杯。仆人从早到晚，等普鲁斯特按铃上咖啡，必须是鲜煮咖啡，不能反复加热——男主人品得出来差异——这是一项操作难度非常高的任务。

**塞莱斯特·阿尔巴雷**（Céleste Albaret, 1891—1984）是普鲁斯特人生最后阶段最亲近的人，从 1913 年接替尼古拉·科坦，直到普鲁斯特去世，塞莱斯特作为女管家，无微不至地照顾普鲁斯特的起居。她对普鲁斯特来说，扮演着亦母亦女的角色。相处久了，她的说话方式都沾染了普鲁斯特的风格。普鲁斯特对她无比依赖，她也因此以最近的距离见证了《追忆似水年华》的创作及其作者的人生内幕。《**致塞莱斯特**》《**"啊！多么美妙的体态多么高贵的举止……"**》是普鲁斯特写给女管家的诗，《**"愁苦的天空涂着惯常的灰暗……"**》戏仿了他自己为画家保卢斯·波特所写的诗《**保卢斯·波特**》，将塞莱斯特出生的村庄（Auxillac）、塞莱斯特的丈夫即普鲁斯特司机小时候上学的镇子（La Canourgue）、塞莱斯特弟弟的名字（François-Régis），编入了这幅诗画。